陳嘉薰

相送
作者／陳嘉薰
策劃編輯／賴百樂
協力編輯／羅詠恩
美術設計／楊仲文
出版發行／突破出版社
香港沙田亞公角山路 33 號突破青年村
電話：2632 0000　傳真：2632 0388
電郵：breakthrough@breakthrough.org.hk
網址：http://www.breakthrough.org.hk
http://www.btproduct.com
承印／陽光（彩美）印刷有限公司
2021 年 2 月初版 1 刷

Mortuary Attendant
by Gavin Chan
First Printing, First Edition, February 2021

Printed in Hong Kong
ISBN 978-988-8562-41-1

誠邀閣下就突破出版社的書籍發表意見
歡迎加入突破書籍 Facebook page — http://www.facebook.com/btbooks.page
本書採用環保油墨印刷

生有時

死有時

在生命盡頭

醫院一隅

感恩仍然有情

目錄

序章 7

面試 15

相送到殮房 33

那一年的婚事 55

電話通知 77

屍體零距離 91

死亡解剖 125

入職大小事 167
人工不包 181
添足 203
再見 219
後記一：殮房管理二三事 239
後記二：預知的告別禮 243
後記三：他們都有份的 247

序章

午後陽光斜照，正好照落在嬰兒牀上，溫暖而恬靜。

張芷菁凝望着緊握拳頭而酣睡的嬰孩，享受這片靜好。

她彎下腰，輕吻嬰孩漲紅的面頰。嘴唇接觸臉龐的一刻，傳來幸福的感覺。

陽光溫柔又體貼，灑在她和嬰兒的面上，像天堂伸來撫慰的手。

很多人説，嬰孩像她，但芷菁不太同意，他的眼眉耳朵更像父親。

芷菁望向蔚藍的天色，向嬰孩説：「浩浩，看，芯芯姊姊在上面，望着你呢。」

是電視台新聞的音樂聲，才把芷菁抽回室內。

午間新聞報道正加插一則專題探討，男女主播展開對話，女主播正在發問。

「旭華，你剛做父親，你是否清楚，原來不足廿四週的流產胎兒的殯葬，一直存在問題？」

「你説得對，這些懷孕不足廿四週的流產胎兒，根據香港法例，一直被視為醫療廢物送往堆填區，食環署轄下機構不能為胎兒提供火化服務，亦不能在墳場正常埋葬。事件曾引來不少團體關注。」

「流產胎兒被視作醫療廢物處理，存在不少爭議。去年行政長官在《施政報告》中表示，會整全及改善不足廿四週流產胎兒的安葬安排，過去一年經食環署和醫管局商討後，逐步實施多項行政措施便利流產胎兒的處理。事件今日終於有了成果。」

「的確，政府首個流產胎兒的安放設施，今日起啟用。這個位於粉嶺和合石橋路的靈灰安置所，取名『永愛園』，供未滿廿四週離世的胎兒安放。聽聽吳福榮的報道……」

芷菁留心的聽，「媽，落實了！終於落實了！」她喊道，像聽到什麼喜訊，母親從廚房一邊抹手，一邊走出來。

「流產胎兒終於有地方安葬了！」芷菁望着母親，眼神流露驚喜。

兩母女聳起耳朵，挨前身體看着電視熒幕。

「『永愛園』環境清雅靜謐，初步提供三百個安放位置，為不足廿四週的嬰孩土葬，亦設有紀念牌匾的牆壁、可供奉鮮花的插座以及心意牆等。有立法會議員認為，以目前本港每年約有一千個流產胎兒的估計，位置數量並不足夠，希望政府於各區撥出部分墓園空間增設同類型設施。」

聽到這裏，芷菁同意的微微點頭。

「『永愛園』是繼今年初啟用的荃灣華人永遠墳場的『寧馨園』後，另一處為未足廿四週孩子安葬的地方，讓胎兒保留在世上最後的尊嚴。記者吳福榮報道。」

「最後的尊嚴」五個字，打進芷菁的心中。

從上次懷胎的經驗，芷菁清楚，父母如果想為胎兒辦理殮葬事，必須取得「嬰兒非活產證明書」。可是醫學定義廿四週以下的流產胎兒，沒有生命沒有「人」的身分，不屬「非活產嬰兒」，醫生不會簽發「嬰兒非活產證明書」，也因而令父母無法為這些胎兒辦理殮葬事宜，而醫院也只得把他們視作「醫療廢物」處理。

對芷菁來說，那是一段不堪回首的事，慶幸烏雲鍍上了金邊。「『永愛園』的環境很好，這些胎兒終於可以像人一樣安葬了。」

芷菁想起上年顛簸的一段，有感而發，母親也低吟：「如果芯芯遲些來到世界，你就不用折騰了。」

這年多以來的期盼，今天終於實現，她們想，以後不會有人一樣無助無奈了。

芷菁舒了口氣，那場噩夢終於完結。

母女把目光凝在牀上的寶寶，他在酣睡中突然雙手雙腿一蹬，跟着便再酣睡，似乎做了個好夢，把芷菁兩母女逗笑了。

芷菁心血來潮：「媽，我想寫張卡給明濟醫院。」她走往書房，從一堆卡片中，抽出一張較滿意的。

做老師的，家裏總放着一些不同類型的卡，生日卡、聖誕卡、感謝卡、加油卡等都有儲備。她掏出一張感謝卡，不大，封面天藍色，陽光從雲後射出來，只寫上「Thanks」大字，芷菁翻了翻，平實無華，正合用。

芷菁走出客廳，把感謝卡攤開來放在餐桌上。

「快年半了，現在才寫？」

「多謝他們啊！有心不嫌遲。」

口說如此，芷菁仍有歉疚，怎麼心存感激，卻一直沒有表達呢？受人幫助卻毫無表示，真不像話，說到底只怪自己太懶太沒心肝。其實一直想寫些感謝的話，只是流產後，忙這忙那，待一切安頓後，這樁喪事不堪回憶，日子一過，熱情就溜走，把事情放下了。

這則新聞把禁錮心底的想望喚回來，打鐵趁熱，是時候把懸在心頭的這件事表達出來，也給對方一個肯定。

母親明白女兒，做老師的，教學生要懂得感恩，對這禮儀該有更深體會吧。

「才見了他們一次，你還記得他們的名字？」

「見過兩次了。那次再去明濟醫院殮房看芯芯時，你沒去。」女兒的印象深刻。

「啊，是嗎？」母親記起來了，那天芷菁再去看芯芯，她本打算跟着，「媽媽，我自己去，放心，我可以的。」

芷菁眼神堅定，告訴她正一步步離開哀傷。

「芯芯保存得很好，可惜那天馬先生和殮房主任不在，我連道謝的話也沒說就走了。」芷菁現在才告訴母親這件事。

「原來如此。」

「受人恩惠，連道謝也沒說，真失禮。所以不能再找藉口了。」

「我真懵懂又癡呆，那姓馬的服務員叫做——」

「馬天帆嘛。我離開殮房前，看了掛着的職員名單，殮房主任姓馮。」

「姓馮？馮什麼？」

「馮偉業。」

「馮偉業？他叫馮偉業？」

「媽，很奇怪嗎？你認識他？」

「啊——不。只是這名字像哪裏聽過，有點熟罷了。也許太普通吧。」

「也難怪呢！偉業、俊傑和家樂這些名字，真的到處都是，自然似曾相識。我每年班上都有學生叫這些名字……」

「其實這事已發生了那麼久，你現在才寫感謝卡，他們可能忘記你了！」

這句話的本意是提醒芷菁別期望對方有回應，但說出口就後悔了，這會不會向女兒潑冷水？芷菁會以為她反對寫感謝卡嗎？

「唔，也許吧，但那也不重要吧？無論怎樣，我還是要寫，了結這件心事，也鼓勵他們繼續做下去。自從芯芯離開後，這年半來我再懷孕，現在浩浩出世，產前產後每逢看到浩浩就想起芯芯，同時也會記起馬天帆和馮主任。雖然和他們只是片面之緣，算不上相識，但他們彷彿一直在我附近。」

「原來是這樣。要答謝就去吧，否則總把這事壓在心裏不舒服。」

「我覺得，沒有他們，也許我不會那麼快就有勇氣再懷孕——唔，寫什麼好呢？」芷菁把感謝卡攤開，提起筆。

「親——愛的明濟醫院殮房——馮主任、馬先生——我是——張——芷菁，年半前在明濟醫院流產……」儘管有點蹩腳，她開始一字一字的寫下去。

卡片空間不多，芷菁寫了幾行，簽上名字，「好了！」大功告成。

她俐落的把原子筆推向母親：「媽，那天你陪着我，不如也寫幾個字簽個名吧。」

「吓，我也寫？不用了吧！」

「馮主任和馬天帆為我們做了好事，簽個名謝謝他們吧。」

「你一個人寫不就好了？」

「我和你一起道謝，不是更好？你不也說他們好人嗎？給他們一點支持。來吧。」芷菁發嬌嗔，把卡和原子筆推向母親，母親有點不情願，但女兒盛意難卻，而自己終究是感謝他們的，該也表示一下。

她看看卡上的文字，有點猶豫，已好久沒寫過卡了，寫什麼答謝話呢？五十多歲的中年婦人，竟仍帶半分少女的忸怩和矜持。

「唉，沒什麼好寫。算了吧！」

「媽，一兩句也好！如果不知寫什麼，就只寫『感激』兩字吧。」

芷菁母親望向窗外，半瞇上眼睛，目光向遠，思緒穿越時空。

時間的捲軸，由年多前芷菁的懷孕開展出去，往事如埋藏深海的潛艇，被撩動後在腦海冉冉上升。

讓一句道謝的說話，為事情作終結，總算是好來好去的結局吧？他們記得也好，忘掉也無所謂，這張卡算是美好的心意，向過去告別……

面試

一

十一時半，馬天帆在面試前十五分鐘抵達醫院行政部，走近接待處。

醫院人事部的女職員登記後，上下打量天帆，望望牆上的掛鐘，低吟：「時間剛好」，向不遠處的門口呶嘴：「請坐在門口的長櫈子上，下個到你。」

小姐在天帆名字旁加了個「正確」符號，天帆才發現，前時段的應徵者旁邊劃了個「交叉」，該爽約了，他早到就補上去。

天帆偷瞄名單一眼，下時段的名字也打了個「交叉」，今早的面試者約有十人，卻有幾個名字旁劃上「交叉」，難怪面試等候室有點冷清。

殮房工作，報名的人看來多，臨陣退縮的也不少。

他抽出紙巾，抹乾額上的汗水，端正的坐着，把恤衫領子拉了拉，待心情安頓後，從背包取出文件夾，內有列印的招聘廣告和會考證書，再細讀一遍招聘廣告：

「殮房服務員的主要職責包括——

（a）接收交往殮房的屍體；

（b）搬運及貯存殮房內的屍體；

（c）安排死者家屬辨認、申領及移離屍體；

（d）協助病理科醫生解剖屍體時的有關工作；

（e）負責剖驗屍體前的預備工作及事後清潔；

（f）負責殮房的清潔工作。

備註：須穿着制服，在正常辦公時間以外工作及通宵輪班工作、於颱風、騷動及其他緊急事故期間候命，及執行殮房主任指示的職務。」

招聘廣告中的工作真有點駭人，「屍體」、「屍體」、又「屍體」，要處理的事真的陰森恐怖，但看來並不難勝任。

天帆讀了兩遍廣告，把工作性質記下，視線移開，歎口氣，為了靜敏和欣欣，千不願萬不想也要硬着頭皮叫自己振作。

掛鐘的秒針在顫抖，蹣跚的一步一步繞着圈子，在為生活艱苦地前進，周而復始的像是生命的循環，生老病死來了又去。天帆想着想着，面試室的門就打開了。

「你回家等，兩星期內會有消息。人事部會通知你。」聲音來自人事部的女職員，半開門帶一名面試者走出來。

「周寶琪！」天帆一眼認出走出來的應徵者，叫住這十多年沒見的小學同學。上次見面時，是在十五周年的小學同學聚會上，屈指一數已是十多年前的事了。

「馬先生，請你稍候，我們會再叫你進去。」開門的人事部女職員吩咐後就關上門。

「馬天帆！」周寶琪驚呼，天帆向左移騰出位置，寶琪趕緊坐在旁邊。

「果然是奇女子細細粒！也對這工作有興趣？」

寶琪身形嬌小，小學時已被叫細細粒。天帆和她識於微時，曾是「老死」，自畢業後各散東西，不常聯絡，沒見多年，一見如故。

寶琪用力拍了拍他，上下打量一遍，「怎麼你？……」

「你什麼？——你別這樣色迷迷的望住我，我很不慣。」

「你和 Facebook 上的很不一樣啊！」

寶琪目光停在天帆頭頂。

天帆摸摸頭髮，笑道：「頭髮這一年來是少了些……」

「嘩，你好吃好住啦。」她目光掃向天帆圓滾滾的肚子，「看你『脹爆』，我差點認不出來！」

天帆挺直腰，把肚皮收回去：「我靠，好吃好住就不用來這裏應徵啦。十多年沒見，別談這些！怎麼你也會來見工？」

「月入兩萬幾喎，怎不心動？我中五也沒畢業，這裏人工比很多大學畢業生還要好，往哪裏找？難道貪殮房香嗎？不過你好吃好住，怎麼也報？」

「我本來做速遞，兩個月前被炒了。有人說香港經濟好，不知好到哪裏去？聽說做採購的也困難。」

「對呀，我做辦公室助理，公司上個月也北上，精簡人手。」

「唉，這年紀，搵食艱難。會考剛好及格，還可以做什麼？」天帆答得無奈，心想速遞員雖然辛苦，但總算是光明正大的「正當職業」，有時準時送貨後，人家還會高興，甚至感謝你而請你喝汽水，但殮房工作，該沒有這份驕傲了。

如果不是因為人工高，不是為了儲錢養家，才不會考慮這殮房工作呢。天帆心忖。

「對，現在樓價那麼高，大學生也叫救命，何況我這『低端』人士？」

「很多人怕殮房工作，剛才我偷看到不少人臨陣退縮了。」天帆半掩着嘴，壓低嗓音。

「人各有志。但我認為，還不是工一份？我才不怕！但看來這『筍工』輪不到我了。」

「面試很難嗎？」天帆環視四周，來面試的人有點冷清，嘁嘴道：「我還以為這是『有空缺沒人要』的工種。」

「你以為啦！面試的其實也不少，在我之前的那個還超級靚仔呢！」

「看你流口水的樣子！我對靚仔沒興趣，快告訴我面試的問題。」

「他們問我，搬運遺體是體力勞動，如果遇上肥胖的死人，我會怎辦？」

「分明欺負你，衝着你『細細粒』而來。」

「肥大的死人，我能怎樣搬？不就請同事幫忙啦？」

那當然了！天帆猛點頭同意。

「他們卻說，星期六、日及公眾假期少人輪班，有時甚至只有我一人留守在殮房返工。」她嘅舌頭發出「登」一聲，「我接不上去，到時我就會叫天不應，找鬼幫忙了。」她擺出V形手勢曲起食指和中指，在右額由上而下的滑下，一副滴汗的樣子。

天帆瞪眼，現在才知道在殮房工作，假期或需一夫當關，獨自移送遺體，所需體力不少。

「聽說這醫院殮房好像有差不多一百條屍體，一個人怎照顧？」

「所以我想，這勞動的工作，還是留給你這脹爆的『大舊』。」細細粒伸伸舌頭說。

「我靠，那分明是性別和身材歧視。」

「哈，算了，我只是來試試，橫豎在家沒事做。殮房好馨香咩？你呀，面試時別那麼粗口爛舌！死性不改。」

「我靠——這份工養家的，這點我有分寸。」

「你有仔女了嗎？」

「有一個女兒，小五，上有高堂下有幼女，死未？你最近呢，有人要嗎？」

「不和你談這些，死人頭！你呀，在家也別粗口爛舌！」

「我對住你們才粗口爛舌！我在家人面前不動粗的，做回模範老公和老豆。」

天帆把領帶往上拉緊，細細粒伸出舌頭作嘔吐狀。

兩個小學同事重聚，率真的性情像死灰復燃般重現。天帆驚覺，在社會打滾多年，蠶蛹般厚的面具下竟仍保留這原始面貌。

「談回正經事，剛才面試還有問什麼？」

「唔，對，還有問如果你見到家屬痛哭，你會怎樣安撫他們？」

「殮房見工問這問題？倒沒想過。」天帆靈機一觸，「黐線！這關殮房服務員什麼事？工作職責上，殮房只處理屍體，沒說要照顧家屬呀！要反駁面試官！」

「係喎！派你去反駁他們。」

「你怎回答？」

寶琪聳肩：「我該答得不好。面試官聽後，臉都拉了下來。」

「咁大鑊？」

「我叫家屬節哀順變囉！」

「這的確是最多說的安慰話。」

天帆不置可否，但感覺上怪怪的，這句話不痛不癢，該對喪親者幫助不大吧？天帆的婆婆和岳父早年因病去世，常聽到來賓向他說這句安慰話，唉，當愛的親人死了，如何節哀？

天帆是過來人，當親人去世，其他人好言相勸別傷心時，聽在喪親者耳裏卻有點刺耳，像是不體貼的話。

細細粒該沒經歷過親人離世吧？他沒有指正她，除了不想在這點打開話匣子外，更因為自己也不知道該怎樣安撫家屬才對。

「其實，人死不能復生，除了叫家屬別傷心，還可以說什麼？」細細粒續說，分不清是問天帆還是反問。

「喂，殮房服務員也要懂這些？不是吧，照顧死人，還要為家屬做心理輔導？」

「對，離譜！呀，剛才面試還有智力題——」細細粒正想談下去，面試房的門這時打開，人事部女職員探出頭：「馬天帆。」

天帆向細細粒打個眼色，表示傾談到此為止，日後再見。

二

面試室不大，約二百平方公尺，裝潢有些陳舊，懸在窗口的冷氣機發出咕嚕咕嚕的聲音，苟延殘喘，像末期病人孱弱的呼吸。貼牆有組褪色的矮身櫃，房的中間有張桌子，前後放了椅子後，剩下的空間並不多。

桌子對面坐着兩個年約五、六十歲的男子——一個禿頭留鬍鬚的交叉着雙臂，另一個穿上白袍、國字臉、短髮、架着金絲眼鏡雙肘按在桌邊。天帆面前有張空櫈，人事部女職員示意他坐下，跟着走到桌子另一邊右手的位置，揚聲：「馬先生，早晨。我左邊兩位是今早的面試官，馮主任，明濟醫院的殮房主任，另一位是今次面試的主席，解剖病理科顧問王醫生。你今天見的是殮房服務員一職，我們會發問，了解你是否適合這工作。」

人事部女職員介紹完後微笑點頭，坐下。馮主任和王醫生的目光掃來，迅速打量天帆一眼。

人事部女職員首先發問，第一句是指定問題：「馬先生，你以前做速遞，為什麼會轉來做殮房呢？」

「因為人工高，而自己都幾大隻，體力還可以，搬運遺體該沒問題，就報了。」

天帆心裏感謝細細粒，若不是她預先告知要體力勞動，天帆才說不出「自己都幾大隻，體力又可以」這句話。

這種自詡的話，明顯受用，把三名面試官逗笑了，眼光再次上下端詳天帆一遍。

天帆中五畢業，學歷低，吸引他的，是殮房服務員只需中三程度，人工約兩萬元，加上工作的要求似乎不高，自己不信神不怕鬼，就對這工作心動。生活，只求三餐一宿罷了。

但對着這「筲工」，他也猶豫了幾天，殮房喎！像是偏門又低下的工種，日日接觸屍體，不會厭惡嗎？骯髒嗎？親戚朋友會怎想呢？——唉，但人還是要生活的，考慮到人浮於事，速遞員的飯碗保不住，又可以怎辦？十歲女兒要交學費課外活動費，房子又要交租，還有生活開支和供養父母，總不可以長此賦閒在家。

被父母和妻兒夾擊，作為「三文治」一族，他迫不得已決定栽進這「死人的地方」。

「而且人到中年，找工作有困難。搵兩餐啫，要養父母、老婆和女兒，又要交學費和租金。我認為工作無分貴賤，死人始終都要有人照顧的。」他如實回答。

「你清楚殮房服務員的工作嗎？」王醫生滿有默契的接上。

「工作主要是接收、搬運及儲存遺體，安排家屬辨認和領取屍體，幫助醫生解剖和負責殮房清潔消毒。」天帆把招聘欄上列舉的項目倒背如流。

「還有做殮房主任吩咐的工作。」人事部女職員插嘴，馮主任馬上咧嘴「哈」的笑出來。

天帆也用笑聲掩飾一臉窘態。該死，竟忘了這點！自己太不懂人情世故了。

王醫生補充，還需輪班工作，週六、日及公眾假期也得當值，「因為每天都有人死，有人領遺體，你有沒有問題？」

「沒問題，我以前做速遞員，工作亦不定時，假日也要輪班返工。可以『補水』補假就行了。」天帆坐直腰板，拉高嗓子。

「假日返工，補假當然會，是勞工法例。」人事部女職員派定心丸。

馮主任接上：「年初一、二、三也可能要返工，而且假日會較少殮房員工工作，有沒有信心一個人處理遺體？」

天帆早有心理準備，充滿信心的提高嗓子：「我大隻，把屍體搬出搬入該難不倒我。」

王醫生微笑點頭：「現在遺體車是電動的，搬運遺體比以前容易多了。」

「你認為殮房只是照顧死人的地方？」馮主任的語氣充滿挑戰意味。

這問題終於來了！天帆有種「捉到鹿待脱角」的感覺。

「啊，對，殮房除了處理遺體，也是家屬到來的地方，需要照顧他們。」天帆有備而答，心裏再次感謝細細粒。

殮房主任點頭，彷彿對答案滿意，和王醫生對望一眼。

馮主任接着問：「在殮房工作，你的家人知道沒有？和家人商量過嗎？」心想上次請了個年輕小夥子，做不了半年就辭職，原因正是先瞞着家人和女朋友，後來被發現後，因親友反對而請辭。

「商量過了，沒問題，都是一份工作。」天帆給了標準答案。

他有點心虛，只說對了一半，與太太的確談過，至於父母，他並沒有告知，老人家或會對這工作有避忌。他打算先斬後奏，甚至一直不告訴他們。現在天帆一家三口租屋住，一個月也沒見父母一、兩次，犯不着煞有介事和他倆討論。最近父親身體開始出現小毛病，也會談談死亡和身後事的安排，對死亡開放了，天帆直覺地相信，他不會反對兒子做殮房的工作。

至於母親，天帆就不肯定了。他是獨生子，母親一直望子成龍，希望兒子做一份令她「炫耀」的工作，她常說誰家的兒子出息，賺錢又多……可惜天帆自覺不爭氣，讀書不成，現在連速遞員的工也丟了，如果做殮房，她如何面對行山的老友記？她會怎樣向人解說兒子這職業呢？天帆真不敢想像她的反應。

唉，選擇做殮房，還不是為了多賺點錢，讓兩老和一家人過得好些？父母會明白我苦衷嗎？思前想後，他暫時採取拖字訣，等一切安頓後才告訴兩老，況且能否獲聘也說不準。

父母年紀大了，先別刺激他們，死亡這話題遲早要面對，到時才算吧！真的問起，就說自己在醫院工作好了。

「商量了就好。」馮主任滿意的點頭，不忘提醒：「問這問題，原因是我們見過不少員工，工作前沒有和親人溝通，當他們知道後，會弄得很不愉快。」

馮主任是過來人，這句話，一半是訓誨應徵者，另一半是有感而發的肺腑之言。

三

「這工作大部分時間要面對死屍，又要解剖，你接受得了嗎？」王醫生問。

「這點相信沒問題，我愛看鬼片，而且我爸爸退休前是街市的『豬肉佬』，我小時候已見過血淋淋的屍體了。」

「哈哈！」三位面試官不約而同的又笑了。

「但對住人的屍體，和對住動物的屍體，是很不一樣的。」馮主任補充，人事部女職員的臉拉下來，很不好看，一副聽不下去的樣子。

「而且工作時，還會有屍臭屍水。」王醫生望向馮主任，不知是提醒馮主任還是天帆，人事部女職員的嘴往下拉，臉扯得更長了。

「所以有象徵式的所謂『揦鮓費』。」馮主任說。

「即厭惡性工作津貼。」人事部女職員插嘴。

天帆點頭，只管聽着，心想接觸屍體，有多點酬金總是應該的。

「好，現在是智力題——」王醫生從桌上的文件夾內取出十來張卡紙，每張上面都印有一個英文字或中文字，「由於你要協助解剖，卡上有些器官名稱，看你知道多少。」

他抽出其中一張，像派撲克牌般沿桌面推向天帆，問：「這是什麼器官？」

卡上寫着「Liver」。天帆中學時讀理科，以他有限的生物知識馬上回答：「肝」。

「試試這個。」

「S、K、I、N，士——堅，皮。」

「這個呢？」輪到馮主任出手。

「Kidney，奇——你，『腰』。」

「知道學名嗎？」

「腎臟。」天帆補答。

「嗯，這個。」王醫生從手中的撲克牌中抽出一張皇牌，上面寫着「Pituitary Gland」。

英文名稱有點長，天帆對住學名苦笑，投降了。

「腦下垂體。聽過沒有？」

「腦下……垂體，在腦的下面嗎？」

「這個器官，你知道在身體哪個地方？」另一張卡片推過來。

「脾臟——唔，好像在肚子裏，右邊？……不，該在左邊。」

「這個呢？」

「胸——腺？唔……該在胸腔吧？……不知道是什麼。」

好久沒接觸這些英文名稱了。見工也要考試，我靠！這份工找誰做？天帆感覺被羞辱似的，心裏詛咒。

王醫生見應徵者搔頭的窘相，停止追問下去，向人事部女職員示意問題完畢，女職員機械式的問：「馬生，你有什麼問題想了解一下？」

天帆心裏打轉，該不該問呢？但不問的話，又不清楚往哪裏打聽。

「唔——」他有點戰兢，「我想知道，殮房服務員的工作前途是怎樣——？」

「你是說晉升？」人事部女職員托托眼鏡，掀動面前的文件夾：「殮房服務員共有三個薪酬點，如果表現好又有機會的話，可以升至殮房技術員，甚至殮房主任。」

「用心做的話，這工作是有晉升機會的。我也由服務員做起，在舊醫院升到技術員，十二年前來這裏做主任。」

「十二年了？真快！」王醫生訝異的望向馮主任。

「唉，一生，眨眼就過。」

人事部女職員見他倆閒談，把話題轉回來：「馬生，最後想問，如果要返工，要預計多久時間才可上任？」

天帆說由於暫時沒有工作，隨時都可以上班，女職員循例解釋如果獲聘後的安排，就完成面試。

走出面試房間，等候區內坐着一名男子，天帆想社會真的開放了，殮房服務員一職也存在競爭。對自己，他沒抱多大期望。

面試室內，馮主任和王醫生對望一眼，開始討論。

「家人沒反對，人也真誠，踏實，老老實實。這份工似乎對他很重要，不會像上次那後生仔玩玩下。」馮主任表示。

「問到腦下垂體和胸腺才不知道答案，算很不錯了。」王醫生附和，「這次的質素似乎比上次的好。」

「對殮房工作了解，剛才還問晉升機會，似乎對工作認真。」

「每逢市道轉差，殮房服務員的空缺就會較多人申請，學歷也會偏高。」人事部女職員補充。

「『筍』嘛，質素也會高些，今次還有女仔應徵呢……」

「這馬天帆可以即時返工，立刻紓緩殮房人手壓力。」

人事部女職員見討論得差不多，便作出報告：「本來還有四個人選，但兩個臨時不來，另一個過了時間仍聯絡不上，當自動棄權，所以剩下最後一個。」

「二十個應徵者，篩選出十二人，六人出席，比上次好了。」

「有些還有學士和碩士學歷呢！」

「只是都沒有出現呢……哈哈！」馮主任笑了笑，這份工對有學歷的人來説，總是「騎驢搵馬」的差事，所以請人時也要避免太高學歷，以免做不長。

上次的年輕小夥子，才半年就辭職，天帆人到中年，該可以做個十年八載吧？可是剛才馮主任留意到，當問他事前有沒有和家人商量時，天帆眉宇間閃爍了一下，似乎有什麼隱瞞着。

他真的有和家人商量過嗎？希望會吧，入行三十年，即使社會進步多了，這份工作在親人朋友面前，仍是一種忌諱，不容易啟齒談論呢！

不事先和家人談好，真會重蹈自己的覆轍……

相送到殮房

一

來到廿三週又三天，離死線只剩下四天，芷菁知道不可能再拖了。

兩星期前覆診時，醫生再次催促，再不決定，一旦過了廿四週，除非母親有生命危險，否則胎兒就只有生產下來。

醫生表情嚴肅，語氣半帶威嚇，像在強調廿四週是不可踰越的界線——在這「大限」來臨前一切要辦妥。

芷菁希冀把女兒留下，但一想起ＢＢ出世後要承受的痛苦，就於心不忍。一個剛出世就患上先天缺陷的小生命，要接受沒完沒了的大型心臟和腸胃手術，會是怎樣的一段成長路？生存率本已不高，加上發育遲緩等問題，對女兒對父母都是漫長的煎熬。

她坐在牀緣，護士遞來藥丸，芷菁猶豫一下，深吸一口氣，把掌心的藥丸往嘴巴迅速一送，喝下半杯水，就在嚥下的一刻，芷菁的肚皮抽搐了——

她被踢了，ＢＢ又在踢她了。

「飛毛腿呢！」芷菁以前總是如此形容，這是最甘甜的碰撞，她貪婪地感受這最後的溫馨，像要留住什麼稍縱即逝的東西，猶如多年前，在婆婆臨終之際，於病榻前細聽最後的叮囑。

藥丸經過食道，在胃裏正待消化，眼淚潸然落下，濃霧般的悲愴籠罩住她，她感覺到有生命正要離開，像對着瀕死的婆婆一樣。

幾小時後，護士走來問了一些問題，就讓她躺下，把一枚子彈般的藥物塞進她的陰道裏。

芷菁知道，這是對BB最後的攻擊。

芷菁不會忘記六星期前，產科醫生在門診的對話：「上次超聲波和抽羊水的結果證實，胚胎的染色體出了問題，正常人有兩條染色體18，胚胎卻有三條，導致她有嚴重先天性『心漏』、臍疝和發育遲緩……」

晴天霹靂！什麼？之前不是還説胎兒仍小、超聲波檢查不很確定，要詳細化驗嗎？窗外天空湛藍，怎麼一下子雷雨就轟下來？什麼是染色體18？心臟缺陷有多嚴重？疝氣是聽説過的，但臍疝呢？這是什麼？

「臍疝是指大小腸崩出肚臍露在肚腹外。」醫生早料到芷菁的疑惑，沒讓她多思考，取來桌上的一副模型，比劃着不同程度的心臟和腸胃缺陷，也涉及不同手術的治療方法和成效，始終沒望她的反應，放下模型後，低着頭，雙手快速翻動病歷，然後手指在鍵盤上「的的達達」的把病歷和會診紀錄輸入電腦，説：「現在離廿四週超過六星期，仍有時間考慮要不要終止懷孕。」

「做不做？」醫生的眼睛終於轉向芷菁，滿有氣勢的注視她。

當醫生的目光移開病歷時，芷菁知道問題來到骨節眼，這問題很重要。

「終止懷孕？醫生，你說的是人工流產，就是把BB打掉嗎？」芷菁呆住。

「胚胎有嚴重缺陷，你跟丈夫考慮清楚，便把決定告訴我們吧。」

BB有缺陷，但嚴重到要犧牲她的生命嗎？BB要做很多手術，為什麼你不是救她而要毀了她？現在醫學發達，不是很多病可以醫嗎？她的病是遺傳？還是因我吃了什麼東西而照顧不周？我害了她嗎？……芷菁心裏連珠炮發的問，如遇溺的人企圖抓住任何希望，有了答案才不令自己沉沒下去。

產科醫生之後解釋了很多，芷菁唯唯諾諾，但大部分的資料都沒聽進去，最後醫生取來案頭的座枱月曆，翻到五星期後的一個日子，打個圈叫芷菁來覆診，說要在這日子作最後決定……

把病歷合上，醫生要說的說完了。芷菁只覺一片混沌，發覺打開門診門時，自己滿臉淚水，門外有千萬隻眼睛投射過來，令她好不尷尬。

當她打電話給在工作的丈夫時，幾度哽咽，站立不穩，腳下一空，世界在面前崩潰了……

二

懷着一個先天缺陷的女兒是什麼滋味，芷菁深切體會到了。但這感受卻沒多少人明白諒解。個多月來，她像獨自掙扎，孤軍作戰，該把女兒生下來嗎？這問題問得她好累。她不忍心殺害ＢＢ，但生下來，對ＢＢ和她整個家庭，都是漫長的痛苦。

芷菁甚至不肯定，以女兒的「心漏」和發育情況，給她生存的機會，是為她好，還是自私地滿足自己做母親的願望？看着ＢＢ的身體破損狀況，她甚至不肯定是否希望她長久而痛苦的留在人世。

理智上，她知道自己要趕快學習放手，把ＢＢ交給上帝，但這是多困難的功課啊！她心裏不停掙扎，上帝啊，我有權奪去她的生命嗎？我又捨得殺掉她嗎？她感到極矛盾，身邊的人七嘴八舌，一再建議「長痛不如短痛」、「趁廿四週前沒發育好打掉免夜長夢多」、「女兒橫豎都要受折騰流產更人道」、「要打掉愈早愈好否則更捨不得」、「早些打掉重新生活再追一個」云云。

但這是我的心肝寶貝啊！甚至連名字也改好了，叫芯芯。芯芯活躍好動又踢腿又揮拳，活生生的在肚子裏，怎麼身邊的人對這生命無動於衷？外人都只把她的骨肉當成一塊骨和肉對待，沒什麼大不了般，這不能為她開脱，反而令她更難受。

芷菁開始發現，自己在孤單地感受着痛苦。

丈夫本想安慰的一句：「不要緊，我們還有時間再來一個。」就更刺耳傷感。

芷菁快三十歲，結婚五年，很努力才有這女兒，為了迎接芯芯，她織了衣服，買了BB牀，家裏也裝修，重新佈置，甚至為她買保險計劃一生……這生命是獨一的，又怎能隨便再來一個呢？

芷菁無法忘記產前檢查中，BB在超聲波吸吮手指的圖像，她睡得好安詳……嘿，有人監視時就扮正經酣睡，一轉臉卻愛在肚子裏翻滾踢腳，好百厭，你難道是齊天大聖的化身？芷菁看着影像心裏嘀咕……啊呀，這裏是肝臟，原來BB的肝臟那麼大，好神奇！「噗呼噗呼」是你的心臟嗎？好強勁呢！每想起這可愛的女兒，耳際總會迴盪着她這「噗呼噗呼」的強勁心跳聲，後來「噗呼噗呼、噗呼噗呼」的聲音像植入腦中的旋律，伴着芷菁每天的生活，成為她生存的力量……

這時，芷菁的身體也起了奇妙的變化，自懷孕初期，食慾就變得飄忽不定，以前好害怕的檸檬，現在卻不覺酸了，一小時前還感到飢餓，當一碗飯端來時，米飯的氣味卻又令她嘔心；而曾喜歡的水蜜桃，不知現在怎的卻厭惡起來……

她的體重一直下降，到後來卻開始水腫，重量增加，乳房也感到脹痛，而這時以前甚少吃的豬腸粉，卻成上佳美食……

這一切一切，都是因為芯芯，芷菁確切感到了，還不時一邊輕摸肚子，一邊說話：「芯芯生性要聽話，健健康康快高長大，媽咪爹哋等着你啊！」

到晚上，她一臉幸福的輕撫肚皮，像對一個安睡了的寶寶小聲道：「晚安，芯芯，明天再見。」一天又一天，芯芯在成長，芷菁的腹部隆起，身體在變化，為這生命作好準備。

她和BB彼此依偎，建立起不可割裂的關係。

就這樣，芷菁把流產的日子一推再推，貪婪地感受這只屬於她倆的甜蜜相處。只是每天都會突然靈光乍現，令她想起離世的婆婆，明白生命總有限時。縱有不捨，也得別離。

三

芷菁躺在病牀上，六小時前肚子已開始有規律的抽搐，頻率加密，繼而劇痛，子宮像被擠壓得快爆炸了，這不是芯芯以往輕柔的踢腳，她一陣混亂，這種痛是來自子宮的收縮，還是BB的垂死掙扎？BB上一分鐘仍活得好好的，這刻卻成了待行刑的死囚，她在憤怒抗議嗎？

芷菁有種罪惡感，「對不起，媽媽對不起你。」她尋求寬恕，心好痛，才發覺陣痛也緣自內心。

下體暖暖的湧出羊水，像缺堤的河流，再一陣痛楚過後，有濕潤的物體滑溜出來，某種血脈相連的聯繫，頃間斷開。芷菁的肚子下面虛空了，同時感到深重的失落，一個只有胎盤沒有哭聲的生產叫她若有所失。但她又實在害怕聽到芯芯的哭聲，那只會加深自己是劊子手的內疚感。

護士體貼的問她想不想抱抱ＢＢ，芷菁流着淚點頭，不一會，護士把一個小毛巾包裹遞給她，她一眼認出這是毫無氣息的女兒，那張嘴臉及緊握的拳頭，曾在她腦海中千迴萬轉，現在近在眼前。

ＢＢ顯得有點小，抱在懷裏只比手掌大一點，面色紅潤，閉上修長的眼，頭髮幼嫩，極像酣睡中的小公主。芷菁吻她面頰，溫暖而濕潤，又細意端詳，額頭像爸，下顎像我，十隻小指頭彎着，右手放在唇邊，芷菁把小手稍稍移開嘴唇，「別吮手指……」她心裏輕柔囑咐，覺得女兒很可愛很美。

正當感到幸福時，一種錐心的悲愴同時自肚皮下方升起，佔據了全身，喉嚨像被什麼掐住，她不能自已地哽咽了。

她不敢看下去，把女兒送回身旁的護士，護士在牀邊關切的問：「張小姐，日後還需要看ＢＢ嗎？」

她別過臉，無法回答，誰會明白這種「想見卻怕見」的心痛？

「我們會暫時把ＢＢ放在病房裏的雪櫃冷藏。住院期間，如果你想再見她，請隨時告訴我們。」

芷菁嗯了一聲，無可無不可的點頭，企圖把滾燙的淚水壓下去。

「至於胎兒之後的處理方法……」護士需要有一些程序確認，一改體貼的語氣，單刀直入，用沒有起伏的聲音繼續說：「你想把她交給醫院處理，還是由你自行處理？」

這突如其來的問題，令她啞然，什麼是「醫院處理」和「自行處理」？於是慌忙用手掌揩去臉頰上的眼淚，正視面前年輕的護士。

護士看出她的疑惑，發現她的傷悲，不好意思的說：「噢，如果現在不方便回答，可以日後才告訴我們。自行處理是你領回胎兒，找機構土葬或火化，而醫院處理是你授權醫院殮房，把它處理。」

殮房處理？芷菁想起多年前陪着婆婆到火葬場的情景，問：「殮房處理ＢＢ，是交給食環署火化嗎？」

「胎兒未足廿四週，屬醫療廢物，醫院會交給合資格的承辦商處理。」

「醫療廢物？」她以為聽錯了。

「噢，不好意思，也許要解釋一下……」護士發現說話驚動了面前的孕婦，她補充：「廿四週以下的胎兒，醫生不可以簽發『嬰兒非活產證明書』，沒有證明書，食環署無法把胎兒火葬。醫院會把胎兒當一般醫療……組織處理。」護士解釋得清楚又專業，很小心的用上「醫療組織」，刻意迴避「廢物」二字。

然而芷菁聽得出背後的意思。「醫療廢物」在耳中是很涼薄的詞語，她腦海浮現灰色背景的恐怖場面，女兒混合血淋淋的人體組織和手套膠布，一併棄置堆填區……她不敢想下去，本打算和護士理論，胎兒不是廢物，而是一個曾活着的人，但又覺得現在展開這場討論並不適合。

芷菁調整語氣，嘗試動之以情：「才差四天就廿四週了，可以通融一下嗎？」

護士頓了頓，才說：「這也是的，少於廿四週，體重超過五百克的話，一些醫生也會運用酌情權簽發『嬰兒非活產證明書』。但你的胚胎這麼小……」她把「因先天缺陷發育遲緩而比五百克輕得多」的一句說話吞下去。

「早知道這樣，我該在廿四週才做人工流產。」女兒的身後事諸多阻撓，芷菁有種被欺騙的感覺，語帶哀求：「醫生建議我廿四週前終止懷孕，你試試問他可以通融嗎？才四天呢！醫生不會那麼狠心吧？」

法律歸法律啊！產科護士正想辯解，卻知道拗不過她，這也有道理吧！她嘀咕着，往護士崗打了一通電話，不一會便回來，斬釘截鐵的報告：「剛問了醫生。醫生說廿四週以上的胎兒才會簽『嬰兒非活產證明書』，要依法辦事，不發證明書。」

芷菁不忿，太不近人情了！才四天，不是法律不外乎人情嗎？正想理論，護士又解釋：「張小姐，廿四週前可以人工流產，因為胎兒被界定為沒有生命，醫生取出胚胎並非殺生。如果他簽發『嬰兒非活產證明書』，就間接說嬰兒本來是有生命、是活的，現在死了，他為你墮胎豈不是謀殺？」

芷菁只覺暈眩，原來一直以來，醫學界把廿四週以下的胎兒，都當作沒生命的醫療廢物。眼前的胎兒連人的身分也沒有！如果我認為芯芯有生命，現在打掉她豈不是謀殺？這是什麼邏輯？我把肚裏的骨肉當作有生命的女兒，竟是離經叛道、一廂情願、自欺欺人的事？

更弔詭的是，懷孕時她看到一則報道，一名胎兒廿二週出生後，存活了下來，他是有生命的，可以活下來的，怎會是「死物」？

而且，她清楚記得，無論在公營醫院或私家診所，產科醫生都以「ＢＢ」來「ＢＢ」去的形容胎兒，怎麼一轉臉就是廢物了？

自考慮墮胎開始，芷菁就一直感到不被了解，現在連好好為女兒完成身後事的心願也無法達成，她像和芯芯同被遺棄了。

芯芯，媽媽要捍衛你的尊嚴。芷菁和女兒同仇敵愾，如此決定！

「也是説，如果我不自行處理，ＢＢ就會像其他的醫療組織一併處理？」她確認，「廢物」一詞怎也不説出口。

「也該如此吧。」

「既然醫生不簽證明書，我自行處理吧。」唯有親力親為了，她半憤怒半晦氣，「請問哪裏可以火化胎兒呢？」

「這點要你自己去查問了。對不起，醫院提供不了資料。」

芷菁愛芯芯，像對婆婆一樣，想為她辦好身後事，這是她為女兒做的最後一件事。

流產胎兒也是人，出院前她由衷的相信，可以還芯芯一份尊嚴，因為愛，某程度上也為了贖罪。天大地大，她不相信容不下這手掌大的胎兒……

出院後，芷菁才發現，這是一個不屬於她的世界。

四

「先生、小姐，沒有死亡文件我們是不可以處理胎兒的。」芷菁和丈夫來到第四間殯儀館，回答仍是千篇一律。

「你們做做好心，看有沒有辦法吧。我可以多給一點……」

「小姐，這裏是殯儀館，持牌的。你的胎兒沒有拿到『嬰兒非活產證明書』，就屬醫療廢物，我們不可以非法處理這些人體組織，除牌的！你『過主』啦。」手勢和語氣都不耐煩的，像打發蒼蠅般叫他們離開……

芷菁在網上尋找，鼓起勇氣撥了電話，按了好幾個按鈕，終於轉駁到天主教香港教區的相關部門。

「請問……我剛流產，希望把胎兒葬在歌連臣角天主教聖十字架墳場，想問問『天使花園』的申請情況。」她戰戰兢兢的說。

「天使花園」是香港專為安葬流產胎兒的墓園。

「你和丈夫是天主教教徒嗎？」

「唔……還不是。」

「對不起，紀念花園是專為天主教徒父母而設的。」

「那是不行了？」

「不好意思，必須持有天主教教友的證明，我們才會受理。」

「……」

當天晚上，芷菁在飯桌上誠惶誠恐的問：「老公，今天我打電話給專門安葬胎兒的『天使花園』，那裏只接受天主教教友申請……」

「那就不通了。」丈夫夾了箸菜送進口中。

「不如我們成為天主教徒吧。」

「我和你都讀天主教學校，要信老早信了。」

「要安葬ＢＢ，就要……」

「為了ＢＢ安葬才信教受洗，我才不會！」語氣變硬了。

「但……在香港，只有回教徒和天主教徒才可以安葬流產胎，而回教更……」

「你神經病嗎？拿宗教開玩笑！誰叫你打電話去什麼天使花園？」丈夫把筷子「啪」的一放，見芷菁害怕的樣子，按捺住怒氣，「不是說好了嗎？ＢＢ那麼小，何必大費周章呢？不是說醫院會處理ＢＢ遺體嗎？交給殮房處理不就好了？」

「殮房殮房，還不是當醫療……」芷菁說不出下面的兩個字。

「你別再想了。已經快兩個星期了，便當一切沒發生過，我們重新再來吧。我們還有時間。」丈夫安慰的說話，聽在芷菁耳裏卻毫不體貼。

「我做這些，只因為她是我們的女兒，你和我的骨肉啊！把她當廢物處理，你不心疼不生氣嗎？對得起她嗎？」芷菁感到委屈，哭着申訴，「我懷了她廿多個星期，怎麼你不明白，像是別人的事？可以隨隨便便的丟掉嗎？」

「我可以怎樣？你又可以怎樣？你看你現在的樣子！面對現實好不好？」

芷菁大力地放下筷子，噙着淚走進房間，「砰」的一聲關上門……

五

芷菁一個人來到店舖前，佇足門外，躊躇不定，最後深吸一口氣，推開厚實的磨沙玻璃門。

「小姐，請你先看一段介紹短片，如有問題，我們再談。」職員帶她到接待處旁的小房間，房裏沒人，佈置簡約，有沙發、茶几，左邊一排高身書櫃裏放滿哀傷輔導的小冊子，右邊矮櫃上是小擺設，看清楚原來是存放骨灰的小瓶子或吊墜，還有棺木的模型。

芷菁獨自坐下，有說不出的孤寂感——她來這裏，連丈夫也瞞着。

職員按下遙控器後，就拉上門出去了。

一陣輕柔音樂後，熒幕出現了幾隻活躍蹦跳的貓狗，還有鸚鵡、白兔和龍貓（毛絲鼠），開始放聲介紹：「根據香港法例，任何人士不得胡亂埋葬寵物屍體，否則有機會觸犯法例。寵物死後，火葬是最常用及快捷的處理方法。『愛相連』機構提供高質素的寵物善終服務，設有獨立火化和集體火化兩種選擇，經獨立火化後，主人可於當日或翌日取回寵物骨灰。另外，本機構亦設有小禮堂，為寵物主人提供悼念儀式，也有為寵物而設計的紀念品、不同種類的棺材及精緻的骨灰陶瓷甕……」

芷菁如坐針氈，面前的寵物無論多麼可愛趣緻，殯葬儀式多華麗、棺材骨灰陶甕多精美都無法吸引她。芷菁芷菁，你來這裏幹什麼啊？你在做什麼？掙扎什麼啊？她一邊看，一邊顫抖又暗罵自己。

當她再次把芯芯的臉和熒幕的貓狗雀鳥併湊時，視野已模糊一片，腸胃在翻騰，看不下去……

血脈相連骨肉之情，她無法接受女兒用寵物的儀式殯葬，低着頭奪門衝出店子，邊走邊自責，對不起，芯芯，媽媽不好，無法再保護你，要離開你，請原諒媽媽，媽媽不得不放棄了……

六

芷菁和母親來到婦產科病房，坐在護士崗旁等候，芷菁不期然望向自己躺過的牀位，另一位孕婦正在牀上看雜誌。

這地方的孕婦，都在等着人工流產吧，芷菁想，她們都愛自己的骨肉嗎？為什麼這些小生命，會被當作廢物呢？法律也真殘忍，她摸摸自己的肚子，子宮空了，心也掏空了，百般滋味湧上心頭，浮起對女兒濃濃的歉意。

護士在抽屜裏找了找，取來上次在病房要簽署的授權書，走到芷菁旁，彎着腰指着「自行處理」一欄，旁邊有「張芷菁」的簽名，護士解釋：「張小姐，如果你現在不想自行處理BB，請在這裏刪去簽名後再加簽，然後在『交由醫院處理』的一欄下簽名作實。」

對着授權書，產後這兩星期的片段如浮光掠影，一切要在這刻來個了結。芷菁曾奮勇對抗，仍無法扭轉劣勢，像失喪的戰俘，屈服得任人擺佈……

腦海中芯芯混着其他醫療廢物送去堆填區的影像，再次襲來。她一陣悲涼，雙眼通紅，聲音低迴：「其實我不是不想處理女兒的身後事，是我根本做不來。」

「如果不是教徒的話，的確很難自行處理。」護士的話，帶着索然無味的同理心。

「原來沒有地方可以處理這些胎兒。」

護士本想問，很多父母會去寵物殯儀店，有嘗試嗎？但還是別說了，便默然走開。

母親在旁愁着臉，輕拍着愛女作安慰。

芷菁對着授權書，遲遲無法動筆，一個簽名對喪親者來説，是一種負荷。

母親遞上紙巾，説：「芯芯會知道，她明白的。」

芷菁嘟噥：「沒辦法了。想怎處置就怎處置吧！」在模糊視野中簽下名字。

坐在護士崗的文員，核實資料後，用難以解讀的表情轉向她説：「好了，手續已辦妥，我們會把阿B送去相關部門，由醫院處理。」

文員明顯很小心，沒用上標本、醫療廢物或殮房等敏感字眼。

但芷菁仍是不捨，想起芯芯混雜在大堆醫療標本中，被運至殮房當廢物棄置的情景，於心不忍。她不甘心，如果仍有一刻可以維護芯芯的尊嚴，她希望可以陪伴到那最後一刻。

「如果沒有問題，請在左邊大門離開。」

「嗯，請問，我們可以陪BB去殮房嗎？」

「這個嘛……」文員對這突如其來的要求，顯得不知所措，把臉轉向病房，想找人幫忙一下。

母親也怔了怔，去殮房？沒必要吧？對於殮房，她有種抗拒。

本想勸説「別去吧！送君千里終須一別。」但見女兒懇切的神情，心軟下來，就附和：「如果可以的話，請你安排，我們真的希望送ＢＢ最後一程，了個心願。」

但病房實在太忙了，一時間沒護士在旁，文員走進背後放牌板的房間，護士長正好在那裏處理醫療紀錄。

聽了文員的報告，護士長咂一下嘴，扯高嗓門：「ＢＢ在雪櫃裏多久了？」

文員囁嚅着，說了一些話。

「這——現在醫生巡房，人人都在忙，沒人有空帶她們呀！」

房間內傳來不耐煩的回應後，只見護士長拿着一疊牌板出來，對住芷菁，勉力把咄咄逼人的語氣壓下去：「張小姐，胚胎先前是應你們要求，暫存這裏方便你來取回。現在放了兩個星期，身體會出現……變化的，你真的想把ＢＢ拿出來，一起去殮房？」護士長正要吐出「腐化」，馬上更正為「變化」。

母親和芷菁對望，肯定的點頭。

「要有心理準備，未必人人可以接受這變化的，而且往殮房的路很長！」

母親又望女兒一眼，代答：「我們明白，仍想陪ＢＢ去殮房。」

「現在醫生巡房，我們暫時沒人手帶你們去。請你們等等。」

「你告訴我們地址，我們該找到的。」

「不行不行！」護士長面有難色，斷然揮手拒絕，「你們抱住一個……在醫院範圍走動，不可以的。」語句斷開，因她除了「標本」、「死胎」外，一時想不出其他形容詞。

不讓芷菁獨自取走胎兒，更重要的原因，是護士長聽說最近坊間流傳胎盤和流產胚胎具營養價值，可補身養顏，增加人奶的營養，甚至製成食療配方，防止產後抑鬱云云，這不得不提防有人會從中偷走「標本」，提煉後自用或販賣謀利。

護士長打量四周，見一名病房助理正收拾牌板，高聲叫住她：「羣姐，你到過殮房嗎？」

「睬，大吉利是！」

「我說，你可以帶這兩位去那裏嗎？」

「唔去！唔識去！有碌柚葉先（註）啦！」羣姐放下牌板，頭也不回走開了。

護士長白了羣姐一眼，向病房文員細聲交代：「你打電話去殮房，問問可不可以派人來這裏接她們。」

文員點頭。

「如果他們派人來，才去雪櫃拿出胚胎，用毛巾包住，讓她們和殮房員工一起帶去。」

「放在推車裏？」

護士長偏着頭望推車一眼，點頭。

芷菁聽見，瞄瞄推車，那像是運送標本的車，說：「我可否抱着BB去？」

「不喜歡推車嗎？」

「我想抱抱BB。」芷菁合手請求。

護士長見她語氣堅定，想了想，帶點屈服的語調：「隨便你吧。」

「謝謝！」芷菁和母親微微欠身。

註：根據傳統觀念，「碌柚葉」有辟邪去霉氣之意。

那一年的婚事

一

一九八七年，對馮偉業來說，是重要的一年。

那年他和潘慧宜拍拖兩年，開始籌算求婚和成家立室的事。

誰會料到，年份交接會那麼兀突。一九八六年十二月，一直看似健康、見證簽訂《中英聯合聲明》的港督尤德爵士，於訪問北京期間心臟病發，客死他鄉，偉業在電視和報紙看着報道，心中一怔，生命如此結束，也未免太倉卒太叫人唏噓吧！之後飛機運送尤德爵士的遺體回港，港督府舉行弔唁儀式和喪禮，新港督衞奕信走馬上任……

新舊交替，政局如此，人生也如此吧，快廿八歲的偉業對着熒幕，不無感慨，發出兩聲唏噓，「知否世事常變，變幻原是永恆……」

而更叫他若有所失的，是他曾出入的九龍城寨正式拆卸。一九八七年伊始，九龍城寨展開搬遷工程，象徵這「三不管地帶」的過去。這陪着他成長、密集人口的地方，也和港督一樣將湮沒在歷史裏，成為他記憶的一部分。

偉業換個角度想，舊的不去哪有新的？人匆匆一生，任何事總要過去。

那年，報章談着《中英聯合聲明》，說中方將於一九九七年七月一日起對香港行使主權云云，偉業對這些政治事件，只當作一樁新聞，瞄瞄標題就帶過去，十年後是什麼世界誰知道？什麼是主權移交，民主自由受壓等，他學歷低沒多少概念；當香港出現信心危機，很多人辦理移民時，偉業對着「逃亡」的人，有種隔岸觀火的感覺，自己做車房技工的，保得住份工就阿彌陀佛了，談什麼移民「走佬」？

反而自一九八四年中英簽署《聯合聲明》後，由於香港前途塵埃落定，社會穩定，樓市及股市不斷上升，才牽動他情緒。他眼見來車房修理私家車的都是才俊，屬擁有「屋仔車仔老婆仔」的「三仔人士」，他好生羨慕，也想在經濟和樓市好的時候分一杯羹。

唉，生活逼人，搵兩餐填飽肚皮做個「三仔」最實際。

他和阿宜的感情逐漸穩定，阿宜比他小四歲，亦屆適婚年齡。偉業希望在三十歲前完成婚事，「三十而立」。

但有一阻力，就是在沒有車仔樓仔前，如何談婚論嫁，過「外母」一關？

對自己的出生和車房的工作，偉業是自卑的，甚至覺得配不上阿宜。他倆拍拖兩年，偉業只見過阿宜的母親一次，那次見面是一場意外。

當時他和阿宜在「麥當勞」，選了近落地玻璃窗的一張枱，吃着快餐。

「喔喔！」望出窗外，阿宜赫然發現母親正在對面馬路，像等人的樣子。

當她想叫偉業快走開時，已太遲了——母親轉頭，隔着玻璃窗和他倆面面相覷，露出驚訝的表情。

阿宜回以微笑揮手，偉業看出她滿臉窘相。

這時一輛私家車來到母親身旁，司機放下車窗探出頭來，催促上車，母親閃身竄進車廂，揚長而去。

車子駛離時，母親還回頭多看阿宜和偉業一眼。

阿宜舒一口氣，私家車來得正好，為他倆解圍。

阿宜家境不錯，住洋樓，偉業則住舊唐樓，對於這點，偉業是介意的，卻一直在說服自己，別讓外在條件影響他們的交往，真正的愛情是超越物質的。

然而剛才阿宜叫他趕快走開，怕被發現的尷尬表情，令偉業很在意。拍拖以來，阿宜甚少帶他出席朋友的聚會，也不把他介紹給身邊的朋友，更沒有在家人面前，大方承認他是男朋友的身分。

是因為自己的家境和車房的工作嗎？偉業只把問題放在心中，沒有問，也許沒有勇氣面對答案吧？他只有自我安慰，畢竟兩個人的世界，一起時歡愉就夠了。

由於家規很嚴，每次拍拖，阿宜都瞞着母親出來。

「他是我 Uncle，加拿大人。」阿宜目送私家車，抿一抿嘴，「他」當然指的是司機。

阿宜的父母在八歲時離異，留下可觀的贍養費給母女，她們相依為命，感情要好，也許因含辛茹苦獨力養育的緣故，母親望女成鳳，找個好歸宿。

「那是伯母的男友？」偉業看得出阿宜有心事。

阿宜擠出一張勉強的笑容。

「你母親會再婚？」

阿宜偏着頭聳聳肩：「嗯，四年多了，前年註冊。他在加拿大做會計，有自己的公司，本來想和我們一起到加拿大住，我在那裏住了一年，實在不習慣，想留在香港，所以媽媽陪我回來。」

偉業訝異，才知道和阿宜兩年前相遇時，她剛回流香港不久。她從沒有提及繼父，似乎和他的感情並不很好。

「豈不是太空人？他會回流嗎？」

阿宜不斷搖頭：「Uncle 曾考慮，但家人早移民加拿大，那邊又有事業，不會了。」

偉業納悶，心裏有不祥之兆，眉頭一皺：「你們一家分隔兩地，始終不好。」

「現在這時勢，媽常叫我移民，但我不太喜歡那裏。」

阿宜的語氣顯得模稜兩可，望出玻璃窗外，目光放空，像望向飄渺的未來。

「現在香港人心惶惶，人人趕着移民，你不怕九七嗎？有機會的話……」偉業說不下去，阿宜一旦移民，他倆的感情就很難維繫。

阿宜顯然心事重重：「去加拿大住……？還沒多想，只是香港是我成長的地方，不捨得。」

偉業有股衝動，想馬上回答「我也不捨得你。」

氣氛凝住，沉鬱的低氣壓叫人透不過氣。偉業並不怕九七，但當所有人都認為移民外國是逃避災難，是個好選擇時，為了阿宜的將來，還是說了句違心的話：「你別傻，香港日後不知會變得怎樣，愈早走愈好吧！」

「你也覺得這裏不好？」

「唔，那是無可奈何的事。不是嗎？香港的前景，的確沒有多少值得留戀的。」

偉業把目光望向阿宜，把「除了你」三個字吞下去。

但掠過眉目的神情還是出賣了他。

阿宜看在眼裏，轉換心情：「香港現在的經濟不錯。你有打算轉工嗎？」

偉業聽出背後的意思，本想說「我這學歷能找什麼工？」但話到口邊卻換成：

「當然有想過！在車房做了三年，是時候轉換環境。」

「那好啊！我幫你留意一下！」阿宜微微點頭，莞爾一笑。

偉業嚥下一口巨無霸，心裏納悶，對於車房工作，阿宜終究是介意的。

二

阿宜和母親的感情要好，無所不談，只是和偉業的交往，阿宜一直瞞着母親。阿宜勉強完成中五，知道不是讀書料子，找了任職文員的工作，開始發現母親很緊張她跟誰交往，也很在意對方的職業和階層，一旦自己因約會遲了回家，母親都會有意無意的探聽對方的資料，「阿宜，你要帶眼識人，你條件不錯，找對象要找個好的，找錯的話就會像媽媽……」

過去不快的經驗，成了母親心裏的陰影，投射在阿宜身上。

廿歲後，母親不時約她和其他朋友「飲茶食飯」，席上總有某某老闆或金融才俊介紹給阿宜認識。在這種「相睇」的場合，她如坐針氈，有一句沒一句的搭訕着，有時席上的人哄堂大笑，她卻不覺得有什麼好笑，只有尷尬的擠出一張皮笑肉不笑的面孔……

確實，有幾次飯局後，她曾應邀和男子約會，但總話不投機，無疾而終。

直到兩年前的一次，與朋友在卡拉OK中，認識了偉業。

那晚一夥人很有興致，唱到差不多半夜十二時，散會後各人分道揚鑣，由於歸家順路，偉業主動送阿宜回家。

他倆邊走邊談，偉業的父母在幾年前離世，與家姐租住一幢唐樓的細小單位，「在那邊。」偉業指指遠處，「和你家相距不遠，送完你後，走回家也行。」

這明顯是藉口，他的家和阿宜的相差起碼半小程路程，但阿宜不以為意。

話題扯到居住環境，偉業的家在二樓，樓下是露天的深水埗街市和垃圾站，每天都會從窗外傳來陣陣異味，混雜街市的叫賣聲和雞啼聲，「殺雞的叫聲和早晨叫的很不一樣！」偉業「喔喔」的呈現不同叫聲，「雞在死前的叫聲很淒厲，像知道大限將至，拚命掙扎，有時割頸後，還會掙脱屠夫的手，我家的窗對住殺雞的地方，淌血的雞在窗外飛上來又掉回去，嘩，窗邊不時沾上雞毛和血跡，每隔幾天就要清理。」

阿宜滾動眼珠，聽得留神又緊張。

「所以，雞隻臨死時真的很大力，難怪説『死雞撐飯蓋』。」偉業繪聲繪影的描述，逗得阿宜開懷大笑。

偉業偷望她的側面，原來這女孩子笑起來有迷人的酒渦。

「那街市我和媽媽有時也會去，那裏的肉新鮮和好吃些。」

「而且便宜些。當然，那裏來貨很多，每天一大早六時多就會有載着豬牛雞的大車駛來，『嘟嘟』的發出泊位聲，還有垃圾車收集垃圾，上落家畜和垃圾的氣味和噪音，比什麼鬧鐘都好……」

她愛他的誠懇忠直，第一次見面，留下了很好的印象，一路上他倆又談又笑，本來頗長的歸家路一下子縮短了。

「屠宰豬牛雞，屍體叫人可怕。不是很骯髒嗎？」

「唔，的確有點髒，地上會留下屠宰後的血跡和皮毛、豬牛雞的尿液糞便，但每天下午都有專人沖水清洗，氣味也會消失。」

「不也是很臭嗎？」

「怎說呢？有時的確會有強烈的臭氣，但很多時候，你不會覺得……」

「騙人！」她很乾脆地叨一句。

「不騙你，像你在廁所待久了，就不覺得臭。」

「久而不聞其臭。」

「對，雖然環境不好，但你會慢慢習慣的。」

他們來到阿宜的樓下。

怎麼這麼快就到了？偉業意猶未盡，說：「到了！」語氣帶半點失望。

「喔，謝謝你！」阿宜眼瞼和頭緩緩向下道謝。

偉業多看阿宜一眼，剛好她的目光迎了上來。他本想立刻把視線掃開，沒料到阿宜竟盯住他，眼神絲毫沒閃開的跡象，他就索性不迴避了，兩人四目相交。

「噢，我要上去了！」

「對……晚安！」

「再見！」

「拜拜！……呀，不好意思，我……可以有你的電話嗎？」

就這樣，他們在大門前交換了電話號碼。

隔着落地玻璃窗，偉業目送阿宜走向大堂電梯。

他以為她會回頭多望一眼，但她沒有，便踏進電梯。

之後，他倆開始約會。

三

拍拖兩年，阿宜沒把自己和偉業約會的事，告訴母親。

她和偉業交往，一直暗中進行，最大的隱憂，是偉業只有中三程度，職業是車房的維修技工，學歷和職位都低，她可以想像母親的反應。

也許是這原因，叫阿宜對偉業的感情無法全然付出。

有那麼一、兩次，偉業向阿宜建議見見伯母，都被她推卻了。偉業有自知之明，心中有數，明白背後的原因。

為了成家立室，為了讓婚禮風光一點，也為了伯母的體面，偉業開始儲錢籌劃，結婚的開支不少，買樓更是談婚論嫁的入場券。可惜車房的工作，無法追趕節節上升的樓價，離目標只有愈來愈遠。

他開始沾手買股票。在八、九月時，眼見股市屢創新高，偉業把儲下的錢買了些股票，希望從中撈一筆。

料不到兩個月後，美國道瓊斯工業平均指數突然大跌，引發全球股災，香港備受牽連，股市下瀉，停市四天，才兩個月，恒生指數輾轉下跌超過一半，偉業眼巴巴的看着自己的積蓄，幾個月內化為烏有。

更氣餒的是，經濟不景，車房裁員，他失去了工作。

由於自尊心作祟，他一直沒有告訴阿宜失去積蓄和工作的事。

那一年找工作特別困難，加上只有中三程度，偉業賦閒一個月後，正着急之際，發現報紙刊登「殮房服務員」的招聘廣告。

他當時想也沒想，便把這頁招聘欄掀過去，但把招聘廣告的部分翻了又翻，找了又找，仍沒有適合的，於是又回到那一頁，「殮房服務員」再次向他招手，成為他僅存的機會。

他挨近報紙，細閱求職要求。

嗯，工作待遇不錯，毋須學歷，薪酬高，他斟酌，試不試呢？幾年前父母過身時，他前後去過兩次殮房，印象很差，陳舊、冰冷、異味撲鼻等都算了，連那裏的員工也神神秘秘、鬼鬼祟祟的，像怕和人眼神接觸，對家屬愛理不理，拒人千里。那年父親在醫院因病離世，他和姊姊送父親到殮房，跟着冰冷的鐵箱走，抵達殮房門口時，發現那是一處既骯髒又殘舊的地方，令人不安，殮房門口附近站着幾個中年男子，吸着煙，以為是家屬，經過時竟陸續遞上卡片，硬塞進偉業手裏，這才知道都是殯儀館的人兜生意。

他仍記得自己領取遺體時，殮房服務員把一具遺體搬來，另一名作監督的指了指地上，對服務員吆喝：「『魚』放在這裏！」

作監督的向放在地上、一字排開的四個布袋，伸了伸下巴：「看看哪個是你們的親人。」

他和姊姊蹲下來，端詳面前的四具屍體，翻翻名牌，十足像在街市挑選魚般，哪條看得上眼，感覺很不好受。他們確定名字後，向服務員指了一指。

「肯定嗎？馮財，走得！」說罷把文件遞給殯儀館員工，員工和姊姊簽了名就「銀貨兩訖」的交收。

殮房服務員和殯儀館員工對望，又向偉業和姊姊交換眼色，並沒有離開，姊姊立時會意，把三封利是分別交給殮房服務員、作監督的和殯儀館員工，「利利是是，大家利利是是。」他們說聲「多謝，一路好走」的便分頭散開……

偉業本來很抗拒殮房的工作，但想深一層，人還是要工作要生存的，在這社會經濟環境，有工作等着你已經很好了，還嫌東嫌西麼？

而且股票下瀉，投資泡湯，自己滿手「蟹貨」，怎儲「老婆本」？

在殮房工作，偉業相信姊姊會明白；至於阿宜，就不肯定了。女孩子，都希望男朋友和未來丈夫做一份令自己驕傲的工作吧？做殮房，她會介意、甚至羞於有這男朋友嗎？阿宜的母親呢？一定也不會喜歡！而親戚朋友又如何看待？

唉，如何啟齒？告訴阿宜和親友這份職業呢？這行業很不吉利，不嚇跑人才怪！

為了他和阿宜的婚禮，偉業打算姑且一試，本想和阿宜商量，但提起電話時又猶豫了。一個連豬牛雞的屍體都害怕的人，會對殮房工作怎麼想呢？如果她問我這般經濟環境，在車房工作好好的為什麼要轉工，又如何回答？告訴她失業了，而且是個多月前已沒有工作，一直瞞着她？不行不行，阿宜最討厭人騙她，當年父親就是一直瞞着家人外遇，被發現後便無法收拾了。

偉業忖度，現在會不會錄用也未可知，別想太多了，先斬後奏吧，船到橋頭自然直，先試試看。想深一層，選擇殮房工作，還不是為了多賺些錢，準備和她結婚，供間大些好一點的房子，讓兩個人的生活安穩些？為了我倆的將來而每天接觸屍體，這份付出，阿宜該會體諒吧！

思前想後，他決定暫時採取拖字訣，等求職成功後才向她表白。這也是用心良苦啊。

有了積蓄可以談婚論嫁時，她該更明白自己的苦衷吧。

於是他拿起電話筒，撥了報紙上的號碼。

四

偉業去了一趟殮房，見了殮房主任，觀察工作環境後，就被取錄了。

入職前兩天，他在玫瑰餐廳訂座，藉詞「聽說這西餐館很好吃，試試看」，打算在安靜的環境下告訴阿宜轉工的消息。

餐廳位於銅鑼灣，燈光有點暗，壁上掛滿經典電影或電視劇的劇照，以及名歌星的沙龍大特寫，歌影視明星脱塵的風采，把餐館氣氛襯托得古典優雅。

餐廳人不多，偉業早到十五分鐘，在預約的卡位默默等待。那是四人座的桌子，感覺很寬敞。

他早盤算好，如何開口告訴阿宜這兩個月來發生的變化，心裏在預演。

那是一連串「步步為營」之計，循序漸進的讓阿宜接受轉工的事。

「前天有在弘慈醫院做的朋友打電話來，説那裏的化驗室有空缺，問我想不想轉換工作環境。」這是他的開場白，用化驗室去探聽阿宜對轉工的想法較好，如果她對醫院工作沒問題了，就説或許要處理「髒東西」。

什麼「髒東西」？她一定會問，就説是病人的血液、屎呀尿呀、痰和人體組織等，在醫院的化驗室做終究要接觸這些的！車房的工作也一樣髒嘛！阿宜不反對了，便將計就計的告訴她過兩天見工，之後當然是報告取錄了。然後就舖排説要調去化驗室相關的「死因研究部」去，那時才找機會解釋那是附屬殮房的工作，薪酬高出許多……

偉業深吸一口氣，這要過五關斬六將呢！他鼓勵自己撒謊時，表情要真摯自然，別露出馬腳。唉，他無法估計阿宜的反應，做殮房始終不是馨香的工種，日後她會激烈反對嗎？一旦東窗事發，會對他隱瞞失業的事發怒嗎？還是會認同死人亦需要人去處理，甚至欣賞他「忍辱負重」為他倆的付出？

時間快到了，他雙手搓揉面龐，坐直身子，盯着入口，叫自己別緊張，慢慢說，祈禱阿宜接受得了這轉變。

離約定時間還有五分鐘，阿宜在接待處出現，由戴着領結的高大男士帶領。

今晚阿宜穿上深藍色的長裙，裙襬搖曳，她左右張望時，披在肩膀的秀髮在擺動，肩上掛上黑色手袋，明顯為了這場合而悉心打扮，偉業的目光一直沒有離開她。

男士張開右手，示意阿宜入座，微微欠身走開。

「嘩，這裏好漂亮啊！」阿宜一雙圓滾的眼睛仍在到處探索，這一刻，偉業心軟了，不忍心破壞氣氛，談論轉工的事。

「別再到處看了。你穿得像公主，表現卻像是鄉巴佬。」

阿宜扮個鬼臉，偏着頭問：「做什麼那麼闊綽？做錯了什麼事？快從實招來！」右手把長長的劉海撥向耳背，露出右邊的耳朵，半邊臉頰和下巴的線條變得俐落。

「不是說了？因為這裏的食物好吃。」偉業壓低嗓音。

「一定不只這樣！升職了？」

「這時候還講升職？有工做已很好了。」

說出真話，偉業感覺很舒然。

「做了什麼對不起我的事？快說！」

「哪裏？我怎敢？」

「算你，如果有什麼隱瞞，我不放過你！最討厭人騙我！」

阿宜以前的男友曾「一腳踏兩船」，一直瞞着她，待被她撞破了，阿宜和他斷然分手。

「好吧，不瞞你說，聽說這裏快結業了，還不趁機會來？你看，人不多啊！你可以獨佔這些明星，和他們吃飯。有眼福又有口福！」

「真是迷死人了！我想來這裏好久了，你看張國榮，眼神真的殺死人！」

「我喜歡柯德莉夏萍，電影《珠光寶氣》的造型靚到絕，不愧是經典。」

「別騙人，所有男士都喜歡性感尤物瑪麗蓮夢露。」

「你太不了解我。」

「如果不是，那一定是波姬小絲！」

「好啦，投降了，波姬小絲也好！」

「認了認了，男人都喜歡性感……」

這時穿着黑色西裝的侍應上前，遞上餐牌，解釋：「今晚特別推薦鐵板黑椒牛柳意粉，用上等新西蘭牛柳，另外B餐的西班牙海鮮飯也多人挑選，套餐連甜品和特飲。」

「甜品是什麼？」偉業問，向阿宜打個眼色，他清楚她嗜甜。

「黑森林配芒果雪糕。」

阿宜的眼睛發亮：「好呀！」

「請問需要什麼餐前酒嗎？我們有香檳和白葡萄酒。」

「白葡萄酒好不好？」偉業問阿宜，阿宜點頭。

「兩杯白葡萄酒，對嗎？很好，要餐前小吃嗎？」

「不了，謝謝。我們再看看。」

侍應鞠躬後離開。

為方便看餐牌，阿宜把一綹頭髮攏到後腦勺，取來髮夾把長髮盤在後面成髮髻，令鵝蛋的臉孔輪廓更鮮明，偉業凝望她，環境和彼此的心情如此美好，怎把目標話題說出來大煞風景呢？

侍應退下後，阿宜很興奮：「你帶我來這裏，真的只因為這裏快結業？還有什麼原因？快說！坦白從寬！」

偉業眨一下單眼：「除了好吃，也因我賺了錢。」

「在股災中也可撈一筆？」

「怎說呢，唔，也很有運氣……其實上星期我把股票放了離場，賺了一些，幸好那時放，否則現在就做『蟹』了……唉，別談這些，我們先選吃的吧！」

偉業暗罵自己一再撒謊。

阿宜早把目光放下，斟酌餐牌，沒有留意偉業的窘態，喃喃地：「一人一個推薦套餐好不好？又主菜又甜品，分開叫就不化算了。」

「當然好。」

「你看，黑森林配芒果雪糕多吸引，我要吃甜品啊！」

「甜品，我那份給你也行。」

餐廳傳來柔和的音樂，是貓王皮禮士的 *Love me Tender*：

Love me tender, love me sweet
Never let me go
You have made my life complete
And I love you so
Love me tender, love me true
All my dreams fulfill
For my darling I love you
And I always will...

氣氛一下子變得溫柔，他倆品嚐白葡萄酒，提起刀叉，一邊吃着主菜一邊傾談，偉業問阿宜的工作情況，以及與同事、上司的相處，她興致很高，說公司來了一位英俊小生，如何令一眾女孩子神不守舍，又說某某同事被識破蜜運，引起全公司哄動……東聊聊西談談，之後話題扯到喜歡住的地區，渴望去遊玩的國家，就這樣大家沉醉在對將來的憧憬中，彷彿這世界只要有彼此就足夠了。

當他伸出右手，掌心輕按在阿宜的左手背時，突然想到，那將要和屍體打交道，沾着屍血的手，會叫阿宜害怕嗎？她會嫌棄這隻手嗎？她的家人、親戚和朋友會排斥厭惡我嗎？

想到這裏，偉業轉念，好，做殮房服務員兩三年，儲夠錢就辭職，神不知鬼不覺的做回「正業」就行了，其實也不肯定殮房的工作會否做得那麼長，甚至不知能否適應那裏的工作和氣味呢！既然如此，不如就一直瞞着阿宜吧，說不定做了幾天，便會離開殮房找新工作呢。

偉業很快就調整心情，把到這裏的目的放下，盡情享受眼前美麗的氛圍。

何仿細說戀愛史
同來回味那份癡

美麗柔情蜜意輕輕湧至
從頭細細講你知
傻傻噩噩那日子
快樂忘形是我像個瘋子
願我知在相戀之中太多好故事
熱烈時原沒法預狂雷和暴雨

柔和的音樂再次響起，阿宜陶醉在張國榮的歌聲中，沉默的望向遠處，企圖把這刻的柔情蜜意，延展到很遠的將來。將來會怎樣呢？香港這般環境加上她家庭背景，我會留在這裏，留在偉業身邊嗎？未來的狂雷和暴雨，誰可預計？她既猶豫又期待着屬於兩個人的將來。

這一切，偉業都感覺到，他更相信不能辜負阿宜，要為日後組織家庭好好計劃準備……

直到發現時間不早了，偉業才結賬，拖着阿宜的手送她回家。

偉業把 Walkman（隨身聽）掛在腰間，一人一邊耳筒，聽着同一首歌，走着同一段路，憧憬着這段人生路，可以走到白頭。

「謝謝你，偉業。」阿宜回頭，嫣然一笑，走進大堂。

偉業向阿宜揮手，望着背影，想如果有屬於他倆的家，晚飯逛街後一同回家多好……

五

一踏進家門，阿宜就發覺氣氛不對勁，甚少在家裏出現的 Uncle，坐在沙發上，茶几上放了兩杯酒和一堆紙巾，客廳瀰漫着煙味。

Uncle 低下頭滿面愁容，母親坐在旁邊，眉心緊皺，憂心忡忡，手心揉着紙巾，雙眼通紅，明顯哭過，見阿宜入屋，示意她坐下。

那天母親到診所覆診，確診第三期乳癌，要馬上治療，除了手術，還要化療，Uncle 想把她接去加拿大醫治，為了方便照顧，阿宜也要一同前去……

電話通知

一

「到學校了，欣欣加油，拜拜！」天帆在校門前放開女兒欣欣柔軟的手。

「拜拜，『爸必』，下午見！」欣欣連蹦帶跳的走進操場，「爸」音短促低沉，「必」音扯高八度而拉長，是欣欣對天帆親暱的稱呼。

這段失業的日子，天帆最享受每天手牽手接送欣欣上學，兩父女在路上談東談西，叫他感到既溫馨又矛盾——一方面想把這珍貴的時光留住，另一方面希望早些找到工作。

唉，一旦有了工作，就無法多握這隻軟綿的小手了，想起也不捨。他向欣欣揮手暫別後，若有所失。

回家途中，他去了趟超級市場買水果。殮房服務員一職面試已兩星期，醫院仍沒有給他打電話，他刻意把手機鈴聲調大，怕漏接電話，又不時看看有沒有沒聽的來電——這工作是他現時唯一的希望了。

縱使不太喜歡，但也希望求職成功，救救生活。

智力題答錯了幾題，該扣了分，要打定輸數嗎？但其他地方，自問回答得還好，天帆有些忐忑。

回到家中，太太靜敏已在街市買菜，把脹鼓鼓的塑膠袋子放在廚房裏，人在客廳裏吸塵，椅子移來移去，屋子裏迴響着「喳喳」的吸塵聲響。

他在桌上打開剛買的報紙，翻閱招聘廣告，發現很多和昨天的都差不多，沒有什麼選擇。

正感失落的時候，手機響了。

熒幕顯示是醫院來電，天帆叫正在書房吸塵的靜敏停下，接通電話。

「請問是馬天帆先生嗎？」

「是。」

「這裏是明濟醫院人事部打來的。早前你申請的殮房服務員一職有結果了……」天帆把電話壓向鼓膜，醫院人事部通告他獲聘殮房服務員的消息，他立時鬆一口氣，終於有着落了。

有錢可生活了，是他腦海中閃過的第一個念頭。

「謝謝你。」天帆有點淡然，發現自己沒想像中雀躍，像接受命運的某些擺佈。

「請問幾時可以上班？……對，我隨時可以……唔，這是什麼意思？……嗯，清楚。好，那麼我再等他們電話。」天帆坐回桌旁，在攤開的報紙堆中找出原子筆，在報紙空白的角落，一邊聽一邊記下要點。

靜敏放下吸塵機，走出房間，揩一揩被汗水濕潤的額頭，意會到天帆找到工作，她坐在椅子上，雙手按住膝蓋，安靜的望着天帆，卻見他神色凝重，遲遲沒掛線，電話對面像有什麼波折，她也不安起來。

「怎麼樣了？取錄了嗎？還是有問題嗎？」天帆放下手機後，她憂心的問。

「取錄是取錄了，但人事部說，這是『有條件取錄』。要試工後，再看我做不做得來。」

面對這變數，靜敏眉頭皺了，露出一副「什麼？」的模樣。

「他們說，以往有人做殮房工作，不能適應，一、兩天後便中斷合約。為避免簽約後馬上辭工所遇上的麻煩，建議我先試工半天了解了解。如果接受得來，就立刻簽約，受不來的話他們再找後備，這樣可以保障雙方。殮房主任會再聯絡我作安排。」

靜敏咀嚼話中含意後，說：「這也好，畢竟殮房和屍體並不是人人可以適應的。阿爸，你怎看？」

「我也這麼想，可以試試看，當作是參觀工作環境吧。」話雖如此，天帆的語氣卻流露不確定，生怕如果不能適應怎辦呢？他很需要這份工作，個多月來，發了十幾封求職信，都石沉大海，年紀大了，加上這般學歷，找工作的確困難。

靜敏看出天帆的擔憂，鼓勵道：「其實這份工作每天要對着死人屍臭，還要解剖，血淋淋的，是有點厭惡，未必受得了。既然如此，不如拋開心情去看看，做得成與否，由天註定。」

「那就硬着頭皮去了。」

「如果你受不了，可以連工也不試，我們再找其他工作，生活還是可支撐得過的。」

「該沒問題吧！我才不怕在殮房工作，鬼片和恐怖片也看了不少，我百毒不侵。」天帆擠出笑容，企圖緩和氣氛。

「這份工作，人工是比以前多，但你不要勉強。大不了我去附近的超級市場當兼職收銀員。」

「你不必擔心。沒什麼啦。」

天帆故意把語氣放輕鬆，沒什麼大不了的樣子。

但眼神還是出賣了他，靜敏凝望天帆的面容，嘗試解讀他的內心：「你覺得在殮房工作怎樣？會覺得——」

句子接不下去，天帆意會靜敏背後的意思，答道：「工作無分貴賤，我當它工一份就是了，沒什麼丟臉不丟臉的。該沒問題的。」

天帆的懊惱，仍是逃不過太太的眼睛。

「真的嗎？你真的這樣想？」

「唔，怎說呢？其實在醫院殮房做，不也是照顧病人嗎？」

「我也這麼認為，這些死去的病人，始終要人照顧。」

「而且社會現在開明了，殮房工作也是正當職業。」

「況且香港有八、九成的人死在醫院，很多人需要這種服務，醫院殮房的工作也很重要吧？」

「你呢？會覺得我沒出息嗎？」

「怎會呢？你辛苦地在殮房工作，還不是為了這個家，我哪裏會這樣想？但出糧的時候，我要買新衫喔！」

天帆拍拍胸腔：「好，包在我身上！」，還說出糧後，一家人要去吃自助餐慶祝，大家就笑起來了……

兩人的笑容背後，隱隱然有一種莫名的納悶。

「有了工作，以後接送欣欣就要交給你了。有機會慢慢告訴她我的工作。」天帆把報紙摺起，靜敏瞥見報紙蓋住的紅色請柬，想起什麼：「欣欣的表姐兩個月後結婚了，暫時千萬別讓她家知道你去殮房工作。」

「當然。人家做紅你做白，別掃興。」

「也免得以後有什麼不吉利的事都算在我們頭上。」靜敏站起來，走回廚房，若有所思，囁嚅着：「要到這些地方工作，這幾天我們去拜神燒炷香吧。」

天帆無可無不可的虛應一聲，聯想起什麼：「媽媽下個月七十大壽，和她慶祝時，也別告訴她我找到工作了。」

「也是，在這種喜慶日子，老人家聽了會不喜歡，如果談起你找工作的事，就說還沒確定吧，你不是不知道她的脾氣……」靜敏走進廚房，把菜心從膠袋取出，龍頭下是嘩啦嘩啦的水聲，「嗯，在這地方工作，還是避忌一點好。」

「即使簽約了，我也不肯定可以做多久。騎牛搵馬，等經濟環境好些再說，先做了再算吧。」

他倆決定，面對陌生人，甚至親戚朋友，暫時把在殮房工作的事隱瞞。

屋子迴盪的水聲，兩人都沉默。

天帆呆坐半刻，把剛才寫在報紙一角的要點撕下來，放進銀包，提醒自己要留意殮房主任打來的電話。

提起殮房，天帆腦中又浮現婆婆離世的事，那次的殮房經驗叫他很不好受，一晃眼就二十多年了，但當日遺體的相貌、那份震撼，那份不安，仍歷歷在目；而正在洗菜的靜敏，也回想父親十年前在殮房見病理科醫生、進行解剖和「院出」(註)的情況，不由的歎一口氣。

發生在殮房的一些細節，至今仍不時縈繞在他們腦中。真難以相信，在這地方短暫逗留的回憶，竟可以伴隨他們那麼久，毫不褪色。

他倆不約而同的感歎，當年對殮房的服務頗有微言，認為這裏不好那裏不好，可以如何改善，為什麼不這樣不那樣，殮房為何總是那麼陰暗鬼祟，不可以堂堂正正……唉，人人皆有一死，死後總要人照顧，是光明正大的事。諷刺的是，現在天帆要到殮房工作了，怎麼卻突然好像偷偷摸摸見不得人呢？

為人處理好身後事，該是既正當又有意義的事吧？天帆和靜敏暗自說服自己，一邊深思，一邊又矛盾得很……

註：「院出」即遺體由醫院殮房直接舁送葬場，不停留在殯儀館。

二

殮房入職前要試工，自己接受得了嗎？天帆仍有猶豫。婆婆和岳父過身時，他已接觸過屍體，對於接觸遺體，他相信自己該沒有問題。

不過，剖屍卻令他擔心。提刀切開血淋淋的器官，我可以勝任嗎？一想起，心便發毛。

解剖是怎麼回事？他打開桌上的手提電腦，在鍵盤輸入「剖屍」關鍵字後，版面就洋洋灑灑躍出不同的解剖片段，有的譁眾取寵，有的是現場實況，有的是動畫或教學用的。

他點選了一些真確性和實感度較高的，了解一下，也為自己預習。

「人事部說，有些人怕血，要有心理準備。」天帆揚聲，聲音壯了他的膽。

「你捐血也好多次了，不會怕吧？」

靜敏在廚房，刀背「嗖嗖嗖」的在砧板上剁鬆豬扒。

「我認為捐血和切開身體流血的情況，該很不一樣，始終驗屍時還要取出器官、切割檢查。剛才人事部說，以往有人在解剖室對着遺體時不適暈倒，『砰』的一聲撞頭，要送往急診室處理。」天帆按下滑鼠，熒幕彈出「慎入」的警告，天帆向「仍要繼續」的警示按下去，說：「醫院殮房會盡量安排，在有驗屍的日子試工，讓我進入解剖室，近距離觀察驗屍，看我能否適應。」

「嗄嗄嗄」的聲音停了，靜敏正專心的為豬扒蘸豉油和塗生粉，似乎沒聽進他的話。

電腦上出現了一幕幕的血腥畫面。

「嘖嘖……」天帆對着影像，喉頭發出聲音。

「如果想適應的話，我覺得你可以去街市一趟，看屠夫劏豬實習一下，也挺噁心的。」靜敏忽然回應，天帆正聚精會神對着熒幕，這次輪到他沒聽進她的話。

靜敏從廚房望出來，正好看到電腦熒幕的畫面——影片中刀鋒剖開身體，暴露淌血的器官，她嘴角下撇，眉心一繃，發出「嘖」的一聲：「真的假的？」

「不知道。」天帆雙手緊緊的抱臂，背緊貼椅背，身體離影像遠一點，像沒那麼嘔心。他記得小時候看恐怖片，會躲在父親背後，雙手冒汗，使力的揑住父親的手臂——他已很久沒有這種驚慄的感覺了。

看了幾段後，天帆的胃開始翻騰，又疑惑又懊惱，劏死人，好殘忍又血淋淋，於心何忍啊！為什麼要解剖呢？他頭有點昏，就「拍」的把電腦合上。

儘管人工比以前的高了不少，但每天面對死屍和血淋淋的器官，這就是代價吧，他暗忖。

靜敏正在醃豬扒，想起父親也曾被剖驗。父親身體一向良好，那個端午節，早上還好端端的，一家人去飲茶，中午卻在家昏迷，送進醫院沒半天就證實死亡，沒有留下半句道別的話。

死因轉介至死因裁判法庭跟進，病理科醫生表示要剖驗確定死因。解剖發現心肌梗塞併發心包填塞——父親是急性心臟衰竭喪命。

「看樣子心臟病發已有三、四天了，病人沒叫痛嗎？」真相大白，醫生事後問她一家，全家人面面相覷，沒有一個聽到爸爸叫痛。

「這麼嚴重的心肌梗塞，該很痛的。」醫生又說，神情流露不解。

靜敏一家卻明白，這就是爸爸。

每當三兄妹談起這事，奇妙地大家都沒太大傷感，反而你一言我一語的笑了出來。

「這個阿爸，原來心臟病發了幾天，痛也不告訴我們。」

「他就是這種人，不想煩人，什麼事都自己處理，頂過去就算。」

「真捱得！你們忘了，有次他摔了一跤，整個菠蘿蓋（膝蓋）都碎了，手術前手術後都沒說過痛！」

「小時候他常向我說，男子漢大丈夫不可以叫痛！所以有次我被門夾到手指，整個指頭都瘀黑了也不敢叫痛！腫了大塊還一直說不痛不痛，眼淚卻要飆出來……哈哈……」

「這是爸爸教出來的——打腫臉死也要面，唔衰得！阿爸就是阿爸，痛什麼痛？」最後四字「痛什麼痛」模仿父親威武叱喝的語氣。

「他突然離開，醫生說該沒受多久的苦！他常說要病得短死得快，終於給他『恨』到了！這也是『好死』吧……」

「這種死法真不錯！」

三兄妹每次談起，都為父親沒受多大病苦而安慰。

靜敏把醃好的豬扒，使用保鮮紙包好，放進雪櫃。她暗地覺得，父親用他的身體，藉着解剖安撫他們，「不打緊，我走得很好，你們不用擔心。」不自覺地又哼起父親最愛的《楚留香》：

來得安去也寫意
人生休說苦痛
聚散匆匆莫牽掛

未記風波中英雄勇
就讓浮名輕拋劍外
千山我獨行不必相送
啊……獨行不必相送

父親走得真瀟灑！每當想起，靜敏都慶幸當初剖驗的決定沒有錯。

屏幕上刀子剖在死者身上，真相卻影響着在生的人，她猛然體會，在某一方面，殮房不單照顧死人，也幫助了她們一家，讓她們一家好好告別……

屍體零距離

一

天帆來到醫院大門，佇足在偌大的醫院指南牌前，抬頭張望，林林總總，各式各樣的部門名稱都有，唯獨找不到「殮房」一欄。

在哪兒呢？他再搜尋一遍，仍沒有。

呀，對了，不該找殮房，或許該找「死亡登記處」，這是親屬辦理文件常到的地方。

上下尋索，也沒有。

大概和死亡相關的字眼都是忌諱？天帆恍然，拐彎來到詢問處。

「請問死亡登記處在哪裏？」他故意避開忌諱的「殮房」。

「死亡登記處隸屬 Medical Record，看到地上的黃線指示沒有？你跟黃線走就會到達。」詢問處的女士頭也沒抬。

「那……殮房是否在死亡登記處附近？」

「先生，你到底往殮房還是死亡登記處？」

「我我……想去殮房。」

「殮房嗎？那和死亡登記處是兩碼子的地方！」女士開始不耐煩，站起來明顯要說些重要的話，右手掌呈刀鋒的向左，遠處一劈：「請聽清楚！這方向，看到的士站沒有？先去病理部。沿着的士站旁的樓梯上一層走，會看到病理科部門的標示，在『聚樂餐廳』左轉，走廊直行到第二個出口轉右，那裏有部電梯，按 LG2 到地庫就是了。」詢問處的女士一氣呵成的回答，流暢得像倒背如流的台詞，說完後又坐回椅子上。

什麼病理科部門餐廳又左轉右轉，還要乘電梯，天帆一時吸收不來。

「向右沿着的士旁的樓梯上一層。」女士見天帆呆在面前，再提他，語氣有點強硬，句子尾巴像拖着「還不走？」的逐客令餘音，伸直脖子向着後面的人說：「請問有什麼需要？」

天帆上樓梯時，記起「病理部」是索引，心忖先去病理部再說，走呀走的，兜轉了半天，卻發現「病理部」的指示在走廊直行到第一個出口就消失了。

我靠！早上八時多，走廊寂靜無人，天帆心裏髒話連發，也有些張皇失措。

正當盤算着該不該打退堂鼓時，遠處終於來了個最佳索引——一個白色的大箱子，由兩個醫院員工把推車前後推送着，發出「咕嚕咕嚕」的聲音，背後跟着三個形容憔悴的中年家屬。

他們一定去殮房！天帆意識到只要尾隨，就是目的地了。

天帆跟在最後，拐個彎進了電梯，電梯一直向下，彷彿落到地獄的深處。

「叮——」門打開，他們到達一幢陳舊大樓的地庫。

通往殮房大門的，是一條長走廊，略嫌昏暗，牆壁慘白色帶點骯髒，也剝落了，天帆想，應有十年了，這地方彷彿被塵封在歷史中，由始到終都流露一副日久失修，被人遺棄的模樣，連帶這裏出入的人也被割捨了。

推車的員工停在殮房大門側的停屍間前，佇立，揚聲：「死者正準備入殮房，請家屬轉臉！」他用職員證拍拍門旁的感應器，停屍間的門「咻」的打開。

停屍間的入口採取雙門設計，打開一道門並不可以直接進入停屍間，還有另一道門等着解鎖。

家屬沒有轉臉，反而目送箱子被推進停屍間前的「前室」中。

前面的自動門正徐徐關上。

「爸爸！爸爸！」家屬在停屍間門外喊叫。

「爸爸！我們愛你！」

「爸爸！一路好走，和媽媽問好！」

「我們再來接你，好好休息！」

「再見！」

家屬對死者發出最後的呼喚，彼此相擁……

聽到哭聲，天帆的心往下沉，腦海又浮現一幕幕婆婆和岳父離世時，母親和靜敏傷感的情況。

二

家屬離開後，天帆深吸一口氣，調整心情，按下殮房入口的門鈴，後退一步對着鏡頭。

十年後再踏足殮房，這裏仍是一處幽閉的空間，環境略嫌侷促。停屍間和殮房入口是分開的——停屍間是家屬的禁區，而殮房入口卻是家屬辦理文件的地方。

「誰？」對講機那邊傳來沙啞的聲音，缺乏尾音令人感到咄咄逼人。

「來試工的。」

「卡嚓！」大門的鎖自動開了。

「謝——」話還沒說完，對講機就「卡」的關掉了。

推門而進，家屬等候區的燈光有點昏黃，放了好幾張膠椅子和一套沙發。沙發有家居特色，牆上有掛畫，燈光雖昏黃，卻尚算柔和，還有個茶几，上面放了一瓶假花。

家屬等候區人性化了，比起十年前的總算有丁點的不同。時間尚早，等候區並沒有人，難免瀰漫着蒼涼和沉鬱。

外面陽光迤邐，天帆今天試工，本來心情不錯，充滿期望和好奇，但走進地庫，目睹剛才家屬送別的一幕和周遭環境，彷彿有種吸力，令體內的快樂元素像打開口的氣球，如風一般「咻」的洩走了。

這就是我以後工作的地方了！對着四堵牆，天帆輕歎，提醒自己要調校心態，收斂心情。密封的空間像在說，外面是晴是雨有何干呢？對死人和喪親者來說都是一樣的。

接待處沒人，天帆正打算在家屬等候區坐下，這時接待處內的側門開了。

「馬天帆嗎？」一名五十來歲的強壯大漢推開側門，聲如洪鐘。

他頭頂禿得發亮，自我介紹，叫阿彪，是「殮房技術員」。

殮房的工作和培訓採取師徒制，技術員是「服務員」的直屬上司，殮房的人會叫「師傅」。

阿彪叫得出自己的名字，天帆知道他早有準備。

阿彪剛從停屍間出來，滿頭大汗，綠色工作服的胸前和背部都濕成深色一片，剛忙着搬運遺體，看一眼牆上的掛鐘，半瞇眼道：「你早到了一點，來這裏順利嗎？」

言下之意有「這裏是殮房，該不好找」的意思。

「嗯，有點迂迴，幸好剛才有送遺體的推車經過，這才找到。」

「你也聰明，識得揀跟住『賓士』！」

天帆馬上意會，原來推送遺體的車叫「賓士」，這倒是頭一次聽，忙點頭：「『賓士』變了樣子，十年前我有家人在醫院過身，那時用的是銀色鐵箱。」

「現在的『賓士』已改頭換面，改來改去仍是一個樣！不是鬆上米白色、粉紅色，就是水藍色，整色整水，還不是四方鐵棺材一個？看你，還不是一眼看穿？」

天帆本想反駁，比起冰冷的銀色，這米白色「賓士」給人的感覺好多了，既乾淨也溫暖些，但剛上班還是別和上司爭拗。

阿彪上下打量天帆，揚聲說：「嘩，你穿成咁，以後要穿素色的返工！知不知道？穿這件衣服出出入入，給家屬看見就不好。那裏有工作服，快去廁所換衫！」

天帆穿了件藍橙色間條的T恤。噢！原來這也有問題？他打量衣服一下，以後要小心，切記切記。

「換好後，跟我去停屍間。」

「嗯。」

「嗯什麼嗯？說知道！」

「知道！」

「吃了早餐沒有？」

「吃了。」

「那糟了，等一下可能會嘔出來。」

阿彪「哈哈」走開去斟杯水喝，分不清是否在說笑。

天帆換上綠色制服後，阿彪在接待處正點算遺體，叫他先進去停屍間找肥豪。

「肥豪在裏面，人肥大，推開門就看見了。」

正低頭點算遺體的阿彪，這時轉面向他：「別看錯了哦！呵呵！」笑聲竟帶些詭異。

「等等！」正要推門進停屍間，背後傳來阿彪的喊聲叫住他。

天帆回頭，見阿彪拉出枱下的抽屜，取出一個手鏈問：「要不要？」

那是檀木水晶手鏈，有人會戴着作辟邪之用。

「……唔，這個——」

阿彪從天帆遲疑的眼神猜到些什麼，「呵呵，不信？」

「不需要了，謝謝。」

「不信就好。我也從來不用。」就把手鏈扔回抽屜裏去。

三

天帆推開寫上「嚴禁進入」的側門，走進停屍間。

他以為停屍間會傳來臭氣，看來沒有異味呢！這地方也沒有想像中的陰森，反而燈火通明，光亮得很，幾張沾了體液的毛巾掛在回收桶邊外，也蠻乾淨。一排排銀色的儲存格，像百子櫃般在面前伸延開去，一邊牆的數目，少說也有三、四十個。

由於停屍間用上白光，冷氣很強，加上銀色的儲存格，環境就顯得冰冷，天帆打了個哆嗦。

偌大的停屍間不見人影，肥豪在哪呢？天帆走了幾步，頓感有陣陣陰風繞過面龐頸項手臂，叫他雞皮疙瘩。雖説自己喜歡看恐怖片，也不怕鬼，但來到這地方，不知怎地，只覺心裏發毛，愈往前走，兩側百子櫃傳來「哈呼哈呼」的「呼吸聲」，更叫他寒慄。

稍稍轉頭，赫然看見一具屍體躺在一張銀色推牀上，被灰色裹屍膠袋包着，叫他魂飛魄散，頓時整個人彈跳起來。

一定是神經過敏，他安撫自己，全身的毛孔都繃緊起來……

「往前走，拐彎！」背後突如其來的響亮聲音，又把天帆嚇一跳。

阿彪走前，見他鐵青着臉，大笑道：「你驚嗎？臉青口唇白，唔係嘛！生人唔生膽！」

阿彪把手指一點，像指點一道金科玉律：「在這裏工作，千萬別自己嚇自己。」

「但這呼吸聲……」

「哦——」阿彪把尾音拉長，明白過來，像對住傻子回答，「抽風的聲音罷了。有冷氣有抽風，條魚才不會腐化不會臭。嗱，有風的，感不感覺到？」

陣陣涼風，由來有因！阿彪的邏輯把天帆的恐懼一掃而空。

「話你知，如果沒有抽風，這裏就難聞了！所以，讓風繼續吹——」阿彪竟吹起哨子，調子是張國榮的《風繼續吹》。

天帆緊繃的精神馬上紓緩下來，人也不再寒慄。

「放輕鬆點，見你怯成這模樣！記住，在殮房工作，遇到什麼事，最緊要三個字，不——要——怕。」阿彪半詭異半語重心長的忠告，「恐懼，比鬼更可怖。人人都怕殮房會撞鬼，我做了三十多年從沒見過。做人最重要對得住天地良心，做事是為了幫人，心中就沒有鬼，鬼也不找你了。」

天帆冷不防阿彪會把話題扯到這邊，唯唯諾諾的跟着走，心裏嘀咕，真的不怕？

來到盡頭向右拐彎，一個身材肥大魁梧、四十多歲的胖男子站在另一銀色的推牀旁，上面躺着遺體。

「師傅！」肥豪高聲向阿彪打招呼。

有了人聲，有了互動，停屍間瞬間多了人氣和溫度。天帆不再懼怕。

阿彪介紹：「他就是老馮説的新同事馬天帆。這是肥豪。」

「多多指教。」天帆有些忸怩。

「馬天帆，馬公子！嘻……」

「你又想説什麼？」阿彪見肥豪笑得詭異，白他一眼。

「今次糟了，天帆天帆，天天都煩，天天『馬帆』(麻煩)。」

「烏鴉嘴！廢話留在肺裏吧！」

「添煩，你真好『帶挈』，昨晚來了八件！」肥豪沒理師傅。

阿彪從身旁的膠矮櫃上取來口罩和手套，遞給天帆：「有條魚在十五分鐘前剛從病房運來，肥豪正分配遺體入格，你在旁看。」

「嗯——知道！」天帆在左後方退一步，讓自己站在更好的視點觀察。

肥豪走近灰色的膠屍袋，「嚓」的褪下拉鍊打開，死者容貌旋即呈現眼前，是具浮腫的屍體。

這是天帆看到的第一具陌生人的遺體，未及端詳，腦神經就被什麼強烈氣味麻痺了，叫他整個人痙攣，腦袋急轉，這到底是什麼毒氣撲鼻而來。

雖隔着口罩，天帆終於嗅到那傳説中的屍臭了……

四

「我靠！」是天帆聞到屍臭時的即時反應，幸好這話立時吞回不發。

那是一股很難形容的氣味，如果你嗅過發霉的腐肉、發臭的蛋或死去的老鼠的話，屍臭要比它更噁心濃烈，這氣味混雜着腐肉、腥臭、糞便、甚至還有垃圾和便溺的羶味，如千軍萬馬的襲來，把人重重包圍，突破口罩的阻隔，激盪着中央神經。天帆本能的後移一步。

胃部開始翻騰，口水湧出口腔，天帆知道自己的臉鐵青，扭作一團，同時耳朵「嗚——」的發出耳鳴。

他死命的按捺着反胃，想起見面時，阿彪説的「等一下可能會嘔出來」，此言不虛。

阿彪卻對這氣味習以為常，沒當一回事，他氣定神閑的站着，指指肥豪的做法，向天帆解釋：「先看條魚有沒有放反了，反了的話臉會被壓扁，向下的地方變紅，壓着的地方變白，一塊紅一塊白的，不好看。這叫屍斑，不及時反轉，日後就無法還原了。」

肥豪把屍袋的拉鍊全然拉開，那股氣味像蜂巢被搗後，蜜蜂湧出般，呼天搶地的襲來。阿彪眉頭皺了皺，終於吐出一句：「嘩，咁臭，很腫嗎？」

眼前的老伯屍體穿着病人服，仰臥在推牀上。也許因為身體發腫發脹，衣服明顯太緊身。他該有六十多歲，身材肥大，肚腹膨脹，天帆以為是魁梧的人，看清楚原來是全身發腫得嚴重，前臂、手背和右腳的皮膚都被脹扯得光滑，有些皮膚甚至脫落了。

老伯的左腳拇指呈黑色，壞死了，還有明顯潰瘍。

天帆想起剛才的家屬，也許就是這老伯「指點迷津」帶他來到這裏的吧？想到這裏，就對遺體有了親切感，感謝他在迷路時指引自己。

「咁脹，腳又壞死，難怪那麼臭。」阿彪評估，驚訝地說：「嘩！現在哪還有人塞鼻？肥豪，拿走它！」

肥豪馬上低下頭，提手往遺體的鼻孔一拈，從兩邊鼻孔內各抽出一條捲起的棉花，棉花濕漉漉的滲滿血漬。

「嘖嘖，鼻裏都是血！唉，面部剛做了手術，流鼻血！」

肥豪搖搖頭，晃頭晃腦的取來一條濕毛巾，把留在鼻孔和臉上的血跡抹掉。病人面容浮腫，鼻翼處有剛縫合的手術針線。

「血腥加上屍臭，臭上加臭。」

肥豪又感歎又埋怨，抹了幾下，阿彪一手奪來濕毛巾，道：「嘿，抹乾淨啊！」

他倒認真，揩抹一遍，看看，又抹一遍，才把凝固的血塊擦走。

「看來血水會繼續滲出，領遺體時要再抹，才給家人看。棉花別塞回去了，知道沒有？」

肥豪沒答。

阿彪對天帆說：「擺好條魚的位置後，就要核對身分。所有魚都要『斥』(check)身分，不可以錯。」

肥豪開始核實遺體，掏出死者的手帶，用掃瞄器分別對準「遺體處理表格」上病人資料條碼和手帶上的條碼，「嘟」的一聲表示通過核對。

「身分確認後，就是用『射頻識別系統』(RFID)的時候。」

這時肥豪聚精會神的掃描遺體手帶的條碼、「遺體處理表格」上的條碼及「射頻識別系統」電子標籤。條碼經核實後，列印出四個標籤，肥豪手法稔熟，把其中一個確認標籤貼在「遺體處理表格」上。簽署後，把另外三個標籤分別貼在儲存格門牌卡上及兩個「射頻識別系統」電子牌上，像小學生勞作課的貼紙遊戲。

「看，肥豪會把那兩個電子牌分別結在遺體的手腳上，之後再掃描儲存格的電子編號條碼，把遺體的資料上傳殮房的電腦系統，整個接收遺體程序才算完成。」阿彪向天帆瞪眼，一副「話你知」的模樣。

天帆驚歎，原來現在停屍間也電子化了，系統頗先進，像做物流，果然長了見識。

「哪有這麼快完成？還要在遺體處理表格上簽署，填寫儲存格編號，和紀錄在『醫院殮房記錄冊』的大簿上。」肥豪拿起原子筆，一邊做一邊對着病人資料解釋。

「巴閉！看你說得幾得戚！」兩人互相調侃。

肥豪嘀咕：「現在有了電腦系統，出入遺體的確比以前安全，但做多了工序，挺麻煩的，還要簽好多個名……我一世人簽最多的名字的就在這裏！簽完名後，又要核對隨身物品。唔，戒指，正確。左手有木手鏈，正確……」

他熟稔的打量遺體，沒問題了，把裹屍袋的拉鍊拉上。

原來出入遺體涉及這麼複雜的程序，自己能勝任嗎？不知因為屍臭還是工序繁複，天帆眼昏腦脹。

阿彪又在旁述：「要把頭移正，歪了的話，臉會青一邊紅一邊。記住要腳先入，避免頭撞到屍格後面的牆。」

肥豪來到牀頭處，把牀推至儲存格附近，用力施展「乾坤大挪移」把牀尾移向屍格，按下牀頭的電掣，牀板就徐徐升至適合高度，再按掣停下。

雖說推牀設電動裝備，但肥豪扭轉推牀的動作，渾身用勁，體力的消耗不少，天帆想起細細粒，一個身材嬌小的女子如何應付呢？

一排儲存格分上中下三層，肥豪把儲存格的門打開，對準儲存格正把牀格推進去，卻發現牀板有點歪，馬上叫身邊的天帆：「站着幹啥？幫手啦。」

天帆急步上前，在牀側協助把牀板的方向調校扶正，對準儲存格。

像推抽屜般，肥豪準備把牀板推進儲存格。

正當牀板緩緩移進儲存格時，肥豪突然大嚷：「睇住！睇手！」

天帆趕緊把手縮回來。

「喂！叫你睇手，你就縮手！」肥豪唬住，煞停牀板，「睇住條魚的手呀！」

他「嘖」的一聲來到牀側，把鬆跌在牀沿的屍袋移回牀上，再隔着屍袋觸碰幾下，確定遺體雙手安放在身體兩側，不再露出牀沿，才走回牀頭處，再推牀板。

原來由於移動，死者的右手滑落在牀邊，如果這樣推進儲存格，門框會弄傷死者的手。肥豪倒認真！

肥豪輕輕一推，牀板就平直順滑的溜進儲存格了。

「睇手呀！睇住嘛！」肥豪向天帆嘮叨。

「條魚的手最容易傷，一不小心就會被門框撞到，要分外留神。條魚有事你怎賠？」阿彪解釋，天帆暗叫「好險！」

照顧死人，就要保護他免受傷害。「死者交在我手裏，要睇住！」天帆心裏迴盪「睇手」的提醒，第一次感到處理屍體工作的分量。

五

肥豪把牀板推進儲存格後，半個頭探進儲存格端詳一下，整理一下屍袋，確定沒問題了，就「拍」的關上櫃門，拍拍手自言自語：「攪掂！」

師傅阿彪見接收遺體大功告成，吩咐肥豪：「條魚那麼腫，身體開始出水了。出屍前記得叫家人帶衣服來換。」

「嗯。」肥豪納悶，不情不願的囁嚅。

「嗯什麼？說知道！還有，出屍前要抹乾淨身體滲出的水。我看，不出三天，皮膚就會腐化脱落，皮下的水會流滿整張牀的！」

肥豪像沒聽進去，沒回答。

「面上的血跡也要清理後才給人認屍。」

「得啦，好煩！」

「你説什麼？不用做嗎？」

「水腫要抹，面容要乾淨。講了好多次啦！」

「不提你們，一個個都忘掉，提又嫌我煩。我靠！給王醫生和老馮發現欠做一件，又要『照肺』（被召訓斥）了！到時看煩不煩！」

「知道！繼續收魚！」

見阿彪仍想訓話，肥豪傻笑，三十六着，走為上着，晃頭晃腦的推着空空如也的推牀離開。

「咕嚕咕嚕」的滾輪聲打着拍子，他邊走邊哼唱：「最艷的花萎，最後化爛泥。夕陽無限好，天色已黃昏……」

「五十歲人，還這樣大不透！」阿彪沒好氣的睥他一眼，撿起遺下的兩條沾血的紗布，走近專門棄置人體組織的黃色垃圾袋前，用力踩下踏板，垃圾箱的口張開，他丟下紗布時，話匣子再次打開：「來這裏做，每天對着死人和不高興的喪事，負能量特別多。你要有心裏準備。」

天帆同意。殮房像黑洞，踏進這裏，無論心情如何的好，一下子所有歡悅就被吸盡。

「所以，一定要懂得開解自己，性格也要開朗些，否則真會鬱到有病。」阿彪望着肥豪遠去的身影，有感而發，「這裏工作的人，都有自己的『套路』，讓心情好過些。肥豪喜歡唱歌，但唱來唱去都是這首。在停屍間唱歌還是可以的，但千萬別在外面唱，有家屬嘛，人家死親友你唱歌，贈興咩！」

原來肥豪好「唱口」，是一種自我防禦的機制。

其實阿彪的喋喋不休，天帆只聽進了一半，反而那塞在死者鼻孔內的棉花和垂下的手，在腦海中揮之不去。

天帆聯想起二十多年前，因肺炎離世的婆婆。婆婆沒有做過手術，但領遺體時，她的雙手和腳踝都被紗布綁着，鼻孔塞了棉花，殯儀館的仵工看見，熟練地把棉花抽出來，剪斷紗布，劈里拍啦的為婆婆換衣服，還從肛門抽出同樣的紗布。

他當年中四，陪着媽媽，媽媽見婆婆的樣子後，幾乎站立不穩，悲愴的大哭，他怔怔的扶着媽媽，只感震驚。一切太陌生了，怎麼人一死，樣子變了，口鼻和肛門還要塞上棉花及紗布、手腳也綁上紗布任由擺佈，如此折磨痛苦？當抽出鼻孔的紗布時，上面還沾着血呢！這一幕烙在腦海中，成了他一生的陰影，這比日後看的任何恐怖片更令他不安……

這成了他和母親的二次傷害。

剛才「睇手」一事，令他有點明白綑綁手腳的原因。

綁起手腳，的確方便工作，也可以保護遺體，但這未免太殘忍了！

但人死了，殘忍什麼呢？天帆卻說不出，但很不人道、很不體諒吧？對死者，也對生者而言。

阿彪指向解剖室，示意天帆向前走。

天帆回頭望了老伯的儲存格一眼，算是目送他。老伯「帶」天帆來到這裏，天帆照顧老伯，生者死者互動，天帆驚訝竟和陌生的死者有這種微妙的關係。

兩旁儲存格迎退不斷，天帆納悶的跟着走，好奇問道：「遺體留在殮房，除了會發臭出水和顏色變化外，還會有什麼情況？」

「條魚在運送過程中，鼻呀口呀，會流出液體，我們叫它『嘔水』，有時肛門和尿道也會排出大小便。」

天帆知道，師傅阿彪又要展現那份「優越感」了。

「王醫生說，『嘔水』是正常現象。人死後什麼控制胃、膀胱和肛門的肌肉都會鬆弛，條魚平躺着，胃液容易由口鼻流出來，有的甚至滲着血，當然如果膀胱和肛門的活肌鬆馳了的話，大小便也控制不了，排便到處都是，你日後接觸屍體多了，就會明白。」

啊，原來屍體的嘴角或鼻孔或會流出體液、或出現一褲子排泄物的情況。天帆聽得膽戰心驚，又問：「所以要用紗布堵住出口了？」

「以前病房會用紗布堵住口鼻，避免流出液體，現在幾乎絕跡了。你剛才看見，也算幸運。如果不是做了面部手術，哪還會用紗布塞住鼻孔？」

「嗯，原來如此。」

天帆明白過來，慶幸現在很少親屬會遇上同樣情況。他想起領取婆婆時的模樣，乘機問：「塞在鼻孔的紗布，會沾上血水嗎？」。

「嘿，當然了。肺部的積水和胃液都會由口鼻流出，紗布自然有可能滲血，這是正常現象。」

「這是正常現象」六個字如醍醐灌頂，叫他豁然開朗，把二十年來積壓的疑惑一下子掃除了。原來婆婆鼻孔滲血是死後的正常現象，婆婆並不痛苦！記得上次掃墓，媽媽一邊換上墓前的菊花，一邊惋歎，婆婆生活艱苦，最後還「七孔流血」，死得痛苦，二十年了，她仍為滲血的紗布耿耿於懷。

天帆這時有股衝動，好想馬上告訴媽媽，婆婆死時並不痛苦，滲血是「正常現象」，而且現在已不再有屍體要綁手綁腳、硬塞紗布了。

「始終時代進步了，塞紗布及棉花很不——」他本想說「人道」，卻覺得人死了用這詞語像有些問題，臨時換上「好看」。

「在鼻孔和肛門塞棉花，哪裏好看？十年前有家屬投訴後，就不再用了。」

阿彪聳聳肩，補充說：「唉，其實棉花有時也沒什麼用，液體照樣滲出，不從鼻孔就從口角流出來，大便有時塞也塞不住，還不是把褲子弄髒？工序多了，成效不彰。最近有些病房改用尿片，的確好些，滲漏的屎尿包起來就棄掉，更方便快捷。」

果然這工作要接觸屎尿，難怪是厭惡性工作。天帆心想。

「至於鼻孔和口角流下的液體，交給家人前抹乾淨就是了。這是易辦的事。」話說出口，又覺不妥，「但不是每個服務員都願意做。唉，交了遺體就交了差，不想多管其他事。你別練精學懶，給王醫生和老馮發現，我也幫不了你。」

「嗯——知道。原來把遺體交給家人前，除了核對身分，還要做一些儀容清潔的工作。」

「你也有點慧根。食得鹹魚抵得渴，做得殮房服務員，就要抵得了惡臭屎尿痰。呀，忘了說，我們有『補水』，叫『揦鮓費』。」

天帆眉毛一揚，嗯，他知道這叫「厭惡性工作酬金」，有人工加還不錯。

「雖說『揦鮓費』不足一千塊，但好過冇。幾年前管理層說不再發這筆錢，不知他們想什麼？我靠，慳都不是慳這一千幾百塊啦！不如他們來試做一星期殮房，我看他們連換尿片也不會……」

阿彪滿腹牢騷，話匣子一打開，就滔滔不絕。

換尿片，當年天帆也有為女兒欣欣清潔排泄物，屎屎尿尿心忖不難適應。只是那股屍臭，卻令他反胃作嘔。

「見你還有些面青唇白，頂得住嗎？」

「可以，好多了。」離開發脹發臭的屍體後，天帆舒服多了。

「別想太多，雖然環境不好，但慢慢你會習慣的。」

來到解剖室前，阿彪佇足問：「還有問題嗎？」

剛才肥豪探頭進儲存格時，天帆留意到格內有兩排掛着的灰色膠包，看不清是什麼，問：「儲存格裏掛着的包包是……」

「防潮辟味珠。超市買的。」阿彪咧嘴而笑，「傳統嘢，沒用的。如果屍體發臭出水，什麼辟味劑、防潮珠都沒用。那些包包，放進去人安樂啲，心理好過些啫！」

天帆本想衝口而出：「那為什麼又使用呢？」還是沒說。

剛才不是說傳統嗎？傳統的習俗，很多是不知道為何要做，只是做了後就心安理得。

死人的地方，這些「傳統嘢」該多的是。

「你的問題真多，我口水也乾了，果然是『煩人』，哈哈！快十點了，驗屍該開始了吧。」

阿彪向天帆意味深長的輕聲說：「老闆在裏面。」

天帆聽得出，有「醒定些，好自為之」提點的味道。

在解剖室前，阿彪腳踢牆腳處的銀色掣，解剖室的門發出「吱——」的聲，向兩側敞開，眼前豁然開朗，一踏步，天帆快將到達這最神秘、研究死因的核心地帶了……

六

解剖室的氛圍，明顯和外面的很不一樣。

停屍間是死寂的墳地，解剖室卻是繁忙的辦公室。

室內燈火通明，驗屍工作正展開，兩名殮房員工來回走動，有種忙碌的感覺。

天帆有點恍惚，太不像殮房了！怎說呢？這地方不對勁，彷彿有種活力在流動，和外面的沉寂大相逕庭。

解剖室明淨又冷酷，擺放了兩張銀色的解剖牀，其中一張躺着一名赤裸裸、「腹大便便」的壯年男子，除下的病服放在牀邊的推車上。一名高挑的員工靠近解剖牀，明顯是主刀，穿戴護目鏡、口罩、帽子、保護衣、手套和水靴，把自己遮蔽在保護裝束內。

「他是高佬。那是馮主任。」阿彪下巴朝向另一名也穿上保護衣，在旁監督的人，刻意收起「老馮」的稱呼。

兩名保護裝束的員工回頭，向阿彪和天帆點頭，算打了招呼，馬上神色凝重的再次圍住那具屍體。

遺體已由推車移上解剖牀，高佬在牀的兩邊來回走動移正遺體位置，又用腳踏把牀升至適當的高度。

牀的一端有鋅盆，設有兩個水龍頭，一個龍頭像鵝頸般探高呈倒U字形，嘩啦嘩啦向下流的水，沖在鋅盆內的面盆裏，水面浮動着兩個磚頭狀的海綿，在漩渦中顫抖着。

解剖室有點嘈雜，阿彪拉高嗓子向天帆解釋：「這裏是負壓房間，解剖室是全個殮房氣壓最低的地方，空氣不停運轉更換，防止感染。所以空氣只單一方向的由外而入，最後經過濾消毒後才排出。」

嘈雜，是因為排風系統在運作，空氣呼呼流動。

聽見阿彪談起防感染措施，馮主任走來補充：「解剖室裏的空氣，也都由上往下流走，來，你看解剖桌上的氣孔。」天帆走近，發現解剖桌的邊緣有排氣孔，「部分空氣就在這裏被抽走的。做解剖時有機會接觸受感染的遺體，空氣向下排不往臉上撲，就安全多了。」

阿彪接着說：「這些轉變，全因沙士（SARS，急性非典型肺炎）。沙士之前，解剖室的防感染措施不很嚴謹，沙士後解剖室大裝修，安全多了，也少了臭氣。」

一張解剖牀，竟內有玄機！天帆感好奇，把手指輕輕按在氣孔上，果然指尖感受到一點吸力。

人、水、海綿、風，都在流動，風聲水聲人聲，聲聲入耳。這裏頗有生氣。

阿彪向天帆介紹：「這位殮房服務員高佬，是我們的解剖專家，好寶貴的，他負責協助病理科醫生解剖。」

高佬剛好望過來，天帆戰兢又禮貌地向他微微鞠躬。

「天帆，隨便看。」馮主任的目光掃了過來，「不舒服的話要早告訴我們啊！昏倒了，我們不懂救你，只懂解剖。哈哈！」

「有人試工時昏倒，又有人嘔，說解剖太可怕。」

「你記不記得，上年有個大隻佬，一米八，又暈又嘔，嚇死我們。」

「愈大隻的，愈要小心，大隻佬大多很膽小！」

阿彪和馮主任有談有笑，氣氛不太繃緊。原來解剖時也可以放輕鬆點。

馮主任指向高佬：「高佬在這裏最有經驗，來這裏已——喂，高佬，你來多久了，二十……五年嗎？」

「二十七年了！」高佬頭也沒回。

「真有那麼多年？」馮主任流露難以置信的語氣，「我也忘了，原來你比我遲入行三年！」

天帆屈指一算，馮主任豈不是做了三十年？想不到馮主任對殮房這份工，可以這麼長情。真難相信，一個人可以在這死亡的地方留這麼久。

「嘻嘻，這行不少員工一做就二、三十年。我們三個入行都超過廿五年，唉，咁就一世了。」阿彪告訴天帆。

「真難想像，一份工可以做這麼久。」天帆脫口而出，馬上就後悔了，這會不會向上司暴露了自己未必做得長，甚至騎驢找馬呢？

「很多人以為殮房的工做不長，初時或者不習慣，很多人做下來就慣了。」阿彪回應。

「別說我賣花讚花香。其實，做下來才會發覺工作不錯，幫到死者幫到人。其他人唔識貨，你其實執到寶。」馮主任也接着說。

阿彪口罩上的眼睛在微笑，回敬一句：「你 hard sell 得太明顯了！」

「好好做下去吧。只要你肯努力，這裏是有晉升機會的。」

「像馮主任，入職時由殮房服務員做起，升到技術員，十年前由弘慈醫院轉到這裏做主任……」

阿彪沒拍完馬屁，已被馮主任打岔：「別談我了，高佬才厲害，有些開鼻咽和脊椎等刁鑽又高難度的解剖，他都懂，都做過，現在初來的病理科醫生也要向他學習。如果你受得了這裏工作，趁高佬沒退休，要向他好好學習這門手藝。」

教醫生？真的行行出狀元！

「請多多指教！」天帆打揖，殮房培訓屬師徒制，很多技術經驗，都是傳承來的。

環顧四周，沒有其他人，天帆問：「那麼，病理科醫生在哪兒呢？」

「醫生現在不會出現的。等一下吧，待高佬取出器官後，才會叫醫生來檢查。醫生只有解剖中間時段出現，檢查器官後就離開，我們執頭執尾，把器官取出又放回身體，再縫合傷口。」阿彪眉毛一揚，得意的流露出「知道沒有」的神態。

天帆有點訝異，一直以為剖屍的工作全由醫生負責，現在才知道殮房服務員的角色不輕。

這時高佬把遺體身上的膠布撕走，檢察手腕、肘坑和股溝的針孔，之後來到水龍頭處，把滲滿水的海綿擰乾，用海綿揩抹遺體凝結的水珠，彎腰詳細檢查肚腹和胸膛的暗淡疤痕。

「右手腕有針孔，左股溝、右肘坑也有。呀，左足踝都有針孔。」他像螞蟻對住食物，來回走動打探虛實。

馮主任望一眼各針孔位置，確定後，提起筆，記錄在紙板上。

「條魚來這裏前，會在病房移除點滴。所有針孔和點滴位置都要準確記錄下來，給醫生寫報告。」阿彪解釋。

「右下腹有疤痕……唔，五厘米長。」高佬拿起鋼尺一邊量一邊說。

「該割了盲腸。」

馮主任很有信心，示意天帆走近屍體，指指右下腹。天帆彎下腰小心看，才隱約的發現一道淡然的疤痕。

表面檢查後，馮主任高聲吩咐：「看背脊！」

高佬來到男子左側，右手拉扯右肩，左手托住右股，用力一曳，男子的身體就向左邊翻滾九十度，馮主任由上而下的觀察背部，一句「正常！」後，高佬就卸力讓男子身體翻回原位。

男子背脊和大小腿後面一片殷紅，兩邊的肩骨處卻留白，天帆知道，這就是屍斑了！這是他頭一趟看屍斑，當年岳父和婆婆離開時，一直穿着壽衣，他並沒有發現這死後的變化。

也想起剛才阿彪的提醒，接收遺體時要檢查好，不要把身體反轉或放錯位置，否則臉會殷紅一片。

屍斑，這死亡的印記，對天帆來說是陌生的、是新奇的，但在這裏是尋常不過的事。

天帆暗忖，相信過不多久，屍變對他來說，就會變得「正常」——當他熟練一切，當出入屍體進行解剖等事，周而復始成為因循的話，那時候的自己，會對死亡麻木嗎？

七

解剖桌上放着一瓶又一瓶的膠樽和玻璃樽，蓋子有紅、藍、綠、灰等不同顏色。

阿彪在旁解釋：「這一瓶瓶玻璃樽和膠樽，是用來做不同的化驗，綠色蓋子的化驗電解質，紅蓋的驗血球，那兩支玻璃樽用來種菌……不可以弄錯，否則會影響檢測退回來。醫生一般在解剖前，告訴我們要化驗什麼，服務員接到『柯打』(order)，就會取樣安排。」

「樣本都是從血液來的嗎？」

「當然不只是血液。胃液、尿液、眼球的玻璃體、肺和心臟等，都有機會取樣本，我們要按指示化驗。稍有閃失都會誤了死因研究。」

天帆端詳面前一支支形狀大小顏色不同的樽子，工作也不簡單。

這時高佬拿着腎形的盛器，把針筒、舀水杯、兩把不同大小的手術刀放進去，把盛器置在遺體足踝間的牀面上，撿起其中大碼的手術刀，站在屍體右邊，刀鋒按在遺體的頸下，在兩邊弧了半圈後，壓在遺體的胸骨中線上，調校力度按下。

刀尖刺下薄薄的皮肉，隔着刀柄，他感到一種堅實的反應力自胸骨傳回掌心，從這反應的勁度，推算剖割的力度該剛好。

刀鋒垂直向腹部剖去，像泛舟劃破湖面，充滿彈性的皮肉立刻向兩邊分開。來到腹部，他把力度略為調整，大力的話，刀鋒會傷及腹腔內的器官。好多年前他經驗尚淺，刀鋒一離開胸骨，來到空檔檔的腹部就如入無人之境，由於力度過猛，不小心戳破了肝臟表面和小腸壁，令他驚惶不已，憂心忡忡，忙向病理科醫生賠不是，幸好對研究死因沒有影響……

這次的力度正好，足夠剖開皮肉而又不傷及內臟，高佬對自己的表現滿意。刀鋒沿着肚皮中線長驅直進，拐過肚臍再向下，停在恥骨上，腹內的腸子像按捺不住的氣球，急不及待的要從剖開的破口探出來。

「腹水，有腹水！」高佬低吟，取來舀水杯，掰開肚皮，撥開發脹的腸子，右手探進腹腔深處舀出囤積的腹水。

一杯、又一杯如蔗汁的液體倒在量器中，水舀光後看一眼讀數，高聲道：「腹水1500cc。」

馮主任把讀數記下。

腹部原來可以積存這麼多水，天帆很訝異。死者的腸子發脹又存腹水，到底有什麼神秘的病，要在刀下解答呢？他很好奇，拉長脖子企圖窺探腹腔的底蘊。

同時他也驚訝，解剖並不如想像中可怕。也許是幾天前看了些網上「實錄」，早有心理準備吧，而更大的原因，相信是在影片中，剖屍總是在陰暗的室內進行，充滿血腥、核突又混亂；真相是解剖室其實光亮而整潔，擺佈有條不紊，工作平靜而專業，給人安妥的感覺。

不但不恐怖，天帆甚至覺得，為死者說話發聲，是帶點神聖的工作。

高佬來到胸膛處，頸下和胸腹的切口成「丫」字形，他用刀小心翼翼的將胸膛的皮肉和肋骨分開，再把胸骨打開。

左右兩邊的胸膜腔內，也有積水，高佬取來拭子採取樣本。

「肺水內可能有菌，會先去種菌。」阿彪旁述：「所以解剖有感染風險，事前要做足防護。」

高佬再次一杯一杯的舀，把茶色的液體倒在量器中，拉高嗓門：「右肺 600cc，左肺 1000cc 積水。」

馮主任核實後紀錄下來。

也許因為剛才在停屍間的經驗，天帆以為剖開的屍體會傳出惡臭，現在出乎意料的，只有淡然的血腥氣味，不是很臭呢！

高佬取來針筒，從腹腔的大血脈和心臟取血液樣本，把一部分血液輸入膠樽，另一部分注入培養液中。

天帆看着高佬提刀抽血又要接觸體液，解剖還沒有正式開始，已要做這麼多程序，心想這真是一門學問！

腸子黏連器官，高佬左手撥開發脹的腸子，右手握刀探進腹腔，一小刀一小刀分割黏連的腸子，腹腔裏陰暗，馮主任調校解剖桌上的射燈，提點：「小心呀，高佬！」

「知啦！」高佬兩手靈活的遊走在腹腔裏。

「幾乎每個殮房服務員都有不慎切傷手指的經驗，會擔心死者有什麼病會傳染過來。」

阿彪語音剛落，馮主任對天帆打趣補充：「如果你沒有因解剖而切傷過手指，證明你解剖得還不夠多！」

這是肺腑之言，的確馮主任和一、兩位病理科醫生，曾因解剖感染了肺結核病，服了一年的藥才醫好。

那已是沙士之前的事，近年因防感染措施提升，已沒有再聽聞醫生及員工因解剖受感染的情況。

畢竟吃藥可以醫治肺結核病，馮主任倒是不怕，只有那天的事，卻叫他膽顫心驚⋯⋯

死亡解剖

一

二〇〇三年。

處理好家屬的疑問後，殮房主任是最後進入會議室的人。

殮房主任掩門而進，黎教授坐在長方形桌子的一角，示意坐下。

他把馮偉業旁的椅子拉出一點，坐下後把身子移前，手肘按在桌上，一下子就進入狀態。

殮房的員工只有六人，半小時前，黎教授才請殮房主任集合大家開緊急會議，不一會就圍在這裏了。

沙士疫情來得兇，為減少交叉傳染風險，部門會議可免即免，每人心中有數，開緊急大會該來了壞消息。

黎教授並沒說什麼事，但最近全城愁雲慘霧，人心惶惶，弘慈醫院接收了二十多個病人，大多在隔離病房裏，也有幾個在深切治療部，情況危殆。

每個員工都明白，出現死亡個案是遲早的事。

「好，人齊了。不好意思，在這環境下仍緊急召集大家開會。」聲音隔住口罩，既壓抑又深沉，像黎教授的心情。

黎教授環視大家，每一對眼都流露恐懼憂心。

才兩個多星期，疫情已在不同醫院散播，醫護人員及醫科生相繼出現發燒、上呼吸道感染和急性肺炎徵狀，上星期太子醫院的院長在鏡頭前，言辭懇切，語重心長的說，「急性非典型肺炎」相信已在社區擴散，顫抖的聲音，為這場沒有硝煙的戰爭，拉開布幔。

今天有報道說醫護感染人數超過一百一十人，多人病情嚴重，令所有醫院員工神情繃緊，擔心自己會是下一個倒下的人。

「沙士」在空氣中散播，殮房員工走在醫院走廊上，總覺得醫院流動的空氣中有病毒浮游，伺機鑽進你的口鼻，會不會連深呼吸也會中招，害了自己，連累他人？本想整理一下口罩，令它貼妥些，轉念又怕手不乾淨，不小心觸碰眼睛，還是免了，但眼鏡卻被水氣弄矇矓了，唉，好麻煩。

「大家或許知道，弘慈醫院這星期共接收了八名急性非典型肺炎病人，他們都患上『嚴重急性呼吸系統綜合症』，即是『沙士』，當中有幾個情況嚴重。」黎教授刻意頓了頓，好叫大家有心理準備，聽好以下的話，「剛才微生物科的張教授告訴我，有位ICU的男性病人的肺情況太差，將在稍後宣佈死亡。」

黎教授看看腕錶，身體語言像在表示，時間是這場戰役的關鍵。

他沒把「之後病人會轉送殮房」說出口，但大家意會，病毒會由病房轉送到殮房來。

這是醫院的首宗沙士死亡個案，會議室充斥凝重的沉默。

「我靠！」有人衝口而出，大家的眼神望向他，沒有半點責怪。

「呵呵，『沙士』終於殺到埋身，來到殮房了！」苦笑聲夾雜諷刺和無奈。

「聽說傳染性好高，死亡率又高，今次死定了！」

「接觸條魚的要不要自我隔離？醫院有沒有宿位給我們？」

「我屋企有老有嫩，可不可以不處理？」

殮房員工憋不住，你一言我一語的討論，殮房主任問黎教授：「黎教授，條魚那麼危險，不如和食環處聯絡，直接把他火化，免傳染更多人。」

「我贊成，立刻去火葬場最好，不要來殮房，夜長夢多！」有殮房服務員和議。

「火葬一了百了，減少感染風險！」

黎教授等大家宣洩過後，說：「一般病毒在人死後，傳染性會降低——」

「但又聽說病毒離開人體後，會存活好多小時甚至幾天。」

「而且沙士是什麼病毒也不知道，也許是超級病毒。我們不該冒險！」

黎教授伸掌作出按捺手勢，他提醒道：「我說的是降低，不是不會傳染，所以大家仍要小心。現時相信沙士是透過飛沫傳播，人死後不會咳、不會噴濺飛沫，所以傳染性也會相對減少。我已和病房聯絡，把病人用雙層膠袋密封，大家收到遺體後，不用打開存屍的膠袋檢查和觸摸屍體，也為安全起見，別打開屍袋讓家屬觸摸或瞻仰容貌。」

「總之愈少接觸愈好。」殮房主任加強語氣。

「不用接觸最好。」有服務員要手擰頭。

「黎教授，有醫護因接觸沙士病人感染，你也幫幫我們吧！」

「醫科生和醫護人員感染，都是因為沒及時作好安全保護。我召開緊急會議，是要大家作好準備，加強保護，我——不——想——這裏——也會發生同樣的——感染事情。」黎教授環視大家，再三強調，目光停在殮房主任那裏：「口罩、保護衣、消毒酒精夠不夠？」

「不多，但該夠用兩星期，正向採購部訂貨。」

「全港醫院都缺貨。」黎教授皺起眉頭，「好，接收遺體如果沒問題，還有一點要說。張教授說，這宗死亡，有些情況要釐清，已徵求家屬同意，為遺體做臨牀解剖。」

大家面面相覷，瞪大眼睛，像聽到什麼噩耗。

「什麼，我有沒有聽錯了？」

「解剖？為沙士病人驗屍？豈不叫我們送死？」

「病毒揚了出來，好危險喎！」

「搵命搏咩！」

「別做！」

殮房主任見羣情激憤，詰問黎教授：「黎教授，其實人死了，驗屍來做什麼？是否非做不可？難道為做研究，不顧同事安危？為大家安全着想，我想可以拒絕解剖吧？我快退休，不想臨尾有同事中招……」

黎教授見大家都不願意，點頭表示明白各人的擔憂，眼神柔和下來：「如果純粹為了研究，我會拒絕的。我和張教授談過，現在沙士的成因未明，目前為止，除了相信由病毒引起外，其他的一無所知，譬如是哪種病毒？源頭在哪裏？病毒的特性是什麼？臨牀也有些表徵無法解釋，張教授希望我們幫忙，取出受損的肺組織，確定病因，以及探究藥物療效。」

他等大家咀嚼這番話後，繼續道：「而且，知道病毒是什麼後，就可以研製快速基因測試方法，幫助日後的診治。」

言下之意是，「不入虎穴焉得虎子」，為了日後更有效診治病人，醫護要冒險。

「黎教授，你是上司，你話點就點。」一名服務員的語氣夾雜埋怨、晦氣和理解。

「我明白大家的恐慌，為了把感染風險降至最低，我和張教授決定一個折衷的方法——局部解剖，只切開胸膛，不涉及其他器官。即使取肺組織，我也不打算剖開整個胸腔，會參考X光影像，重點取樣，在肋骨間做個幾厘米的切口，探進肺部不同地方取組織，以減少感染機會。」

黎教授的話，明顯無法消除憂懼，有人雙手交叉在胸前，一副「我才不幹」的模樣：「黎教授，不是不想幫，但這也有危險吧？」

黎教授面有難色，掃視大家一遍：「做這解剖，我需要大家幫忙，只需一個人就行，希望有同事自願參加。我和大家一樣擔憂，但這次解剖非常重要。為了診治病人，家屬甚至願意捐出遺體，實在難得。」

黎教授深吸一口氣：「解剖前，我會確保防感染控制措施，驗屍時只容許一名殮房服務員或技術員在場幫忙，盡量減少大家的風險。我不想勉強大家，有沒有人自願？」

各人頓時收起下巴，目光向下，避免和黎教授有眼神接觸。

「彬仔入行才半年，仍沒熟練解剖，不用做，免生危險。」黎教授首先提出。

「我老婆前個月剛生BB……」有服務員面有難色。

「我和老豆老母同住，他們心臟和腎都有病，要我照顧。」多一人打退堂鼓。

只剩偉業和技術員了。

一直沒說話的偉業，向黎教授問清楚：「是否如果不做這解剖，就無法了解沙士？」

「沒錯。」

「這樣就不得不做了。」話說得肯定，其實偉業內心很是掙扎。

技術員看偉業一眼：「既然家人也願意捐出遺體，幫助其他病人，我們不做不怎麼好。我是師傅，我來吧。」

「師傅」自動請纓，大家的目光立時投向他。

「真的？我也行的。」偉業問。

師傅呼了口氣，一副無可奈何的樣子。

黎教授見師傅猶豫，轉問偉業：「你想清楚了嗎？」

「我想……是可以的。」語氣仍有點猶豫。

偉業任職殮房十五年，很多工作已駕輕就熟，富有經驗，做事認真，黎教授認為是很好的人選；師傅也好，但畢竟五十五歲了，有老花，加上近年減少做解剖，技術恐有生疏，體能也較遜色，要獨力處理沙士遺體，對他來說並不容易，直覺上感染的風險較大。

黎教授屬意偉業負責這次解剖，有另一個原因。

「師傅和家人同住，有兒女要養，是家庭支柱。」

黎教授言下之意，除了隔離的問題外，萬一感染的話，一家人的財政也陷入危機。

鑑貌辨色，殮房主任明白黎教授的意思，補上說：「偉業經驗夠，且『一支公』，顧慮沒那麼多，最適合不過。」

半推半就之下，偉業知道騎虎難下，說：「我以前感染過肺結核，上天保佑吃了一年藥沒死去，今次該也有神靈看顧吧。」

他苦笑，嘗試把氣氛放輕鬆點，但不很成功。

「那麼，偉業，謝謝你。」黎教授微微點頭，豎起拇指。

「謝謝你。」師傅拍拍偉業膊頭，也不客氣了。

「黎教授，我住得遠，不想帶菌乘搭車船，而且我住的唐樓，人流也多，醫院有沒有宿舍？」

由於工作穩定，五年前偉業在新界買了個小單位自住。自搬出來後，偉業和姊姊少了見面，前年姊姊結婚後離開了香港，他孑然一身，因此不擔心感染姊姊，反而由於沙士感染力強，怕招惹他人中招。

「我嘗試安排宿位，讓你解剖後暫時隔離兩星期。」黎教授說完，轉向殮房主任：「有 N95 口罩嗎？我和偉業都要。」

殮房主任點頭說：「沒問題！沒問題！」

「還有一點，這次解剖，愈少人接觸遺體和解剖樣本愈好。解剖室內除了死者和我們外，任何人都不可以在場。偉業，請你先準備十個樣本樽，把死者帶到解剖室，『上枱』後就站開。你不必落刀取樣本，我剖出的肺組織，請放進密封的樣本樽，再用膠袋雙重保護。我會把樣本送給微生物科醫生，關於這點，解剖前我會和微生物部門溝通安排，理順流程。」

黎教授說完，拿起原子筆在前面的白紙寫上「聯絡張教授交收樣本」，再特別把字圈起來。

「也是說，驗屍時我不用幫忙？」偉業要確定一下。

「你站在我附近就行了。解剖後必須為遺體全身消毒，才放回屍袋，一定要用雙層屍袋密封，膠袋表面要消毒後才放進儲存格。安頓屍體後，解剖室和解剖桌也要用漂白水徹底消毒。」

大家如臨大敵，留心聽着也沒多說多問。

「以後出入遺體，也只由偉業一人專門負責。」殮房主任高聲表示，黎教授點頭同意。

「黎教授，留沙士死人在殮房，始終有傳染風險，可不可以安排提早火化？」有服務員問。

「我剛和醫院管理層商量了，院方會與食環署和相關政府部門跟進，基於公共衛生考慮，要求將患沙士的遺體加快處理，及早火化。」

黎教授轉向殮房主任：「請你也和死者家人溝通，除了避免瞻仰遺容，也切勿為遺體作防腐處理和舉行告別儀式。」

「是。」

「咇咇——」黎教授的傳呼機響起，他向着傳呼機按兩按，向大家宣佈：「病房說沙士病人剛死亡，會在一小時內把遺體送來。偉業，請你去接收吧。」

大家邊站起邊說：「偉業，靠你了！」

「多謝偉業！」

「偉業，小心！保重！」

「最最最重要，要戴口罩、穿保護衣。」

「和記住洗手。」

「不要捽眼捽鼻。」

「你就篤眼篤鼻！哈哈！」

……

二

偉業穿好保護衣，取出N95口罩。

沙士前，大多數殮房員工的防疫意識並不高，很多服務員做解剖時，都沒戴口罩或穿保護衣，如果氣味難聞的話，就戴上紙口罩了事。薄薄的紙，解剖後會被汗水和呼出的氣息弄得濕透，除非有絕對的感染風險，否則大家都不用外科口罩，「咁焗，點做嘢呀！」

偉業卻是異數，對防疫格外小心謹慎。

全因十年前的一宗解剖。當時一名老翁突然死亡，偉業以為是腦中風或心臟病之類，不以為意，如常取出器官，直到病理科醫生進入解剖室，一看就説器官有可疑，叫他馬上戴上口罩，偉業立時脱下沾血的手套，抓起一個紙口罩，卻被醫生訓話：

「紙口罩只可以防塵，哪裏防菌？戴外科口罩！」

病人最後診斷死於「粟粒性結核病」，肺結核菌擴散至不同肺葉、肝、脾、腎和腹腔等，而偉業之後長期咳嗽，甚至出現血痰病徵，確診肺結核。

偉業一直弄不清楚，這算是倒霉、還是「咎由自取」？由於當時肺結核在香港並不罕見，偉業的感染源頭存疑，無法肯定與當日解剖有關，偉業也沒追究，順利完成一年的藥物療程後就算了。

從此，他做解剖時都格外小心，也多戴了外科口罩。

但這趟沙士的解剖真的輕慢不得，他挑選合適的 N95 型號，這種呼吸防護口罩，他還是頭一次戴，感覺悶熱且壓迫。

他深呼吸幾次，發現護目鏡開始模糊起來。不對勁，似乎口罩和臉頰間仍有空隙在漏氣，於是把 N95 的位置移好，用力把口罩壓貼鼻樑和臉頰，直至感到皮肉被口罩邊緣栽進去了，再呼口氣，確定護目鏡保持清晰，才走近目標屍格，拉出感染沙士的遺體。

儘管遺體已用兩層屍袋密封，他仍小心翼翼，明白有些遺體會在運送過程中「嘔水」，如果是ICU嚴重水腫的病人，身體甚至會「出水」（流出體液）增加感染的風險，於是在解剖室打開屍袋前，偉業先用濃縮漂白水把屍袋表面沖洗一遍，確保滲漏的體液清洗了，才拉開拉鏈。

屍體並沒有嘔水、出水的情況，但沾在身上的汗珠水氣，一下子都變成駭人的飛沫，沾上無數殺人的細菌，偉業把漂白水「嘩啦嘩啦」倒向屍身，把屍體由頭到腳徹底沖洗。

最後拿起浸了漂白水的毛巾，為死者全身抹乾淨，把留在面孔、鼻孔和嘴角的液體抹去，確認所有刀鉗工具都準備好，點算一遍微生物化驗的瓶子，一切就緒，便通知黎教授。

黎教授吩咐他，清潔遺體後，站離解剖桌，由他接手。

黎教授覆檢X光片，確定肺部最嚴重感染位置後，走近遺體，取來針筒往右肋骨間刺下，啡褐色的肺積水像久經囚禁的犯人，沿着針嘴源源逃向針筒，他換了幾次五十毫升的大針筒才把左肺腔的積水吸走，把部分液體注進培養液中，留給微生物科化驗。

他右手提刀，左手在死者胸腔側觸摸肋骨，確定位置後，刀鋒往肋骨間的皮肉捅下，又沿着肋骨的弧度剖開兩吋長的破口，掰開缺口拿起電筒挨前觀察，瞇起眼睛像看萬花筒般，對了，位置沒錯——

眼前正是破損的肺部組織，因肺炎而硬化，呈灰暗色，失去光澤。

刀鋒從缺口戳進胸腔，刀下的肺部，失去海綿般的柔軟，呈現密不透氣的結實，他左手握鉗，右手握刀，在方寸的缺口下，切割出兩厘米的肺組織，一個原本如鬆糕般的肺組織，現在卻像腎臟般堅實，呈大理石顏色。

他倒抽一口氣。這病變，由不知名的沙士病毒引起，這可怕的惡菌，到底是什麼？黎教授把部分組織放進瓶子，預備交給微生物部門，其餘的放進「福爾馬林」（防腐水溶液）內保存，待會送去實驗室造切片，在顯微鏡和電子顯微鏡下觀察檢查。

之後他又在肺部兩處地方取樣，完成剖驗後，把標本封好，放進乾淨的密實袋內，準備拿去給微生物科的張教授。

「拜託你了，偉業。」黎教授在一隅除下保護裝備，像某種交接。

偉業來到遺體旁邊，死者胸膛側的傷口仍在滲血滲水，為免流出的肺水增加感染風險，他拿起針線，把胸膛的破口聯起來，又在傷口附近用漂白水沖洗，再揩抹一遍，才把屍體放入雙重裹屍袋裏。

解剖後，他把整個解剖室徹底清潔，先用稀釋的漂白劑沖刷解剖桌，再沖洗地面，來來回回，當他確定解剖室、遺體和屍袋都清潔了，把地面積水推向排水口時，猛然發現快晚上七時了。

同事都已離開，偌大的解剖室內，獨剩偉業工作。他把遺體推進儲存格，完成工作後，脫下保護裝備，頓然發覺四肢痠痛，疲累滲透每寸肌膚，他揉搓肩頸幾下，坐在停屍間，有種說不出的鬱悶壓在心頭。

他歎氣，心想這般鬱結的心情，像地上的積水般，可以一掃排走多好。

停屍間是封閉的空間，如與世隔絕。整天忙着解剖，外面的世界怎樣了？今天的疫情有轉機嗎？殮房服務員像活在自己的天地，其他人如何明白理解他們呢？

天該黑下來了吧，每逢這樣寂寥的晚上，他都不由自主地想起阿宜。十五年前的往事，總會在如此這般的環境下，浮上心頭。

阿宜在外面的世界，還好嗎？會否有時也想起我呢？悵惘、無奈、感傷，再次襲來……

三

偉業二十八歲生日的那天，該死的遇上一宗超時的解剖，他是當值的殮房服務員。

不知是否死者病情複雜，還是剛入職的病理科醫生經驗尚淺，醫生在早上九時半開始驗屍，用了一整天才完成，是少有的「馬拉松解剖」。

當偉業縫合屍體傷口時，已快到下午五時了。

那時偉業入職四個月，剛通過試用期，而這晚阿宜為他預訂了餐廳，前晚興致勃勃的在電話說：「明天你生日，我訂了尼斯酒店的法式晚餐！這酒店的餐廳很難預約的啊！上個月打電話訂位時，只剩下兩個位子，你要準時放工啊，不准遲到。」聲音充滿期待。

阿宜人工不高，卻為自己預訂高級餐廳慶生，偉業很感動。

四點鐘，當病理科醫生仍在埋頭檢查死者的腸胃時，偉業心知不妙，這宗解剖嚴重超時，善後的清潔工作不少。

他本想臨時請同事幫忙，但因剛滿試用期，不好意思找人頂更，而這時間突然找同事幫忙，也不容易，左忖右度後，從解剖室走出來，脫下手套，撥打電話給阿宜。

「喔喔，真的趕不來嗎？太掃興了！」阿宜聽到偉業要加班，明顯很失望。

「對不起，來了一單緊急的工作，不得不加班。」

「今天是你生日啊！昨天不是叫你下午別再接單嗎？」

「嗯，但這是尊貴客戶，車子臨時壞了，剛送車來維修，堅持明天早上要取。」

該死！偉業幾乎要拍打自己的嘴巴，這幾個月他數不清的在阿宜面前，隱瞞轉工的事多少遍。

「可以請阿誠幫忙一下嗎？」

阿誠是偉業車房的拍檔。

「……阿誠今天有事，早已離開車房，幫不了。」

「真惱人啊！還以為可以高高興興的去吃法國餐。真的沒辦法找人替補嗎？」

「車房沒人啦！那是名貴車，臨時壞了，車主要求緊急維修，說了多次不好意思，會給雙倍錢呢！」偉業說得毫無破綻，自己撒謊的技巧的確高了。

「那我要『大刷一頓』啊！」

「那當然了。我只是稍為遲到。八時，八時該行，我們約定！」

「唯有這樣了。」

「那麼等一下真要吃多點啊！我們叫八道菜！聽說餐廳的甜品很好吃，芒果朱古力慕絲是一絕！」

「你別再引誘人家，口水都流了。八時，唔，好吧……我試試改下一時段。唉，這餐廳很難訂的啊！」

「真難為你。」

「八時，一言為定。盡快修好趕來，別再失約了！」

「好，應承你，修好車子馬上來！」

「如果你能早點完成，要告訴我啊！酒店附近有間手袋店，款式很好，正做大特賣，如有時間我想和你去看看。」

「好，再聯絡吧。」

偉業瞄向解剖室，見醫生差不多做完了，匆匆掛線。戴上手套時，他暗罵自己，沒法子，不得不撒謊，心裏充滿罪惡感和內疚。謊言是雪球，愈滾愈大，這幾個月來，他一直偷偷摸摸，左閃右避的把殮房工作的事瞞着阿宜，有好幾次話到嘴邊，卻很難啟齒！

他不想阿宜羞臉失禮，也因自卑心作祟，這份工連他自己也有些看不起自己。事情像惡性循環，拖拉愈久愈難開口。眼見薪水不錯，工作也開始駕輕就熟，偉業決定採取「拖字訣」，先隱瞞阿宜一年，儲夠「老婆本」，待香港經濟環境再好些，便抽身而退。

解剖完成，偉業縫好傷口，清潔遺體，用漂白劑消毒解剖桌、解剖室和地面，看看時鐘，快七時了。

時間正好，該可以趕及八時的晚餐，雙手加快速度，把污水掃去排水口，再用地拖揩抹地面，眼睛每隔幾分鐘就不自覺的望向掛鐘。

殮房寂靜，所有員工都離開了，他獨自在解剖室做呀做的，把地板拖乾淨就大功告成。

冬天天黑得早，正當他在停屍間把屍體放回儲存格、「啪」的關上門時，「叮——噹——」殮房大門的門鈴響了。

他瞄掛鐘一眼，七時十分，早過了辦公時間，這時誰會來殮房？該走錯路吧？偉業沒理會，但不一會又傳來「叮——噹——」的聲音。

由於員工都走了，偌大的殮房更是死寂，鈴聲像是響亮的追魂呼喚。「叮——叮——噹——」，是用力按着門鈴不放的聲音，訪客似乎焦躁緊急。

偉業馬上完成清潔，脱下手套洗手，這時又傳來「叮——叮——噹——」。

嗯，似乎有要事呢！他把手抹乾，偏着頭急步走出停屍間，看個究竟。

沒想到——

偉業打算折返，已太遲了。

隔着大門的玻璃，阿宜站在外面。

他倆面面相覷。

四

解剖「沙士」病人，清洗解剖室後，偉業小心翼翼的除下保護衣，黎教授提醒他，脱保護裝備是高危動作，因保護裝備表面沾上病毒，不循序漸進的脱下，會「自食其毒」。

他必須緊記每個步驟，先解開保護衣背後的綁繩，把保護衣連手套脱下塞進垃圾桶，把膠靴除下，洗手，再摘掉帽子，記住洗手，最後是口罩，對，再洗手……

除下保護裝備後，他感到一陣輕快涼爽，趕往更衣室，徹底沖洗後才離開。通過停屍間，來到接待區，大門關上，隔着大門玻璃窗，他彷彿又回到十五年前的情景，遇見站在門外、一臉驚愕的阿宜。

那晚，偉業佇足在接待區，動也不動的瞪大眼睛看着阿宜，耳鳴襲來，沉默在延伸，兩人都呆住沒動，像有一世紀的時間。原來有一種沉默，比殮房的無聲更可怕……

偉業戴上口罩，離開殮房，八時入夜後的醫院，仍燈火通明，偉業在醫院的便利店買個杯麪和一包燒賣，回宿舍加熱吃。

他掏出鑰匙，打開房門，四百平方尺的空間，放着三張雙層牀，其中一張的上層，躺着側身而臥的男子。月光和路燈的微光從窗口探進來，宿舍的牆壁剝落，偉業來到自己的牀邊，打開昏黃的牀頭燈，把兩袋細軟塞進牀旁的矮櫃裏，躺下。

牀舖很薄，枕頭有點硬，不一會，背部就感到痠痛，他坐在牀緣，歎了口氣，未來兩星期，這就是他的家了。

他除下口罩，倚在窗前，遠處的山影黑壓壓的，室內傳來輕輕的鼻鼾聲，孤單感襲上心頭。

活到四十多歲，如果因着今天的解剖感染沙士，死了，有誰會關心呢？兩年前姊姊結婚後過埠廣州，香港已沒有親人，身邊也沒有多少朋友，死了的話，也真可能像那些無人認領的屍體，被食環署運去沙嶺埋葬，消失在歷史中。

他想起停屍間的遺體，每個人都是匆匆一趟，走過人間。

他竄出房間，往廚房把買來的燒賣放進微波爐加熱，把熱水灌進杯麪，對着冒氣的即食麪和燒賣，有說不出的淒涼。

這種孤單，自那天阿宜來殮房後，就一直伴隨着他……

生日那天，阿宜打電話去餐廳更改自助餐的時間，剛好有人取消晚餐，阿宜懷着雀躍的心情，放工後趕去車房為偉業打氣，也為多見他一面。

這是阿宜第一次「探班」，因她放工時間比偉業遲，而偉業即使加班，也會推卻她，着她別來。但今天不同，為了偉業的生日，她推掉了工作，早些離開公司，想給偉業一個驚喜。

她來到車房，很是訝異——她發現阿誠，滿身污垢，對住一輛「寶馬」。

「偉業？他沒做好幾個月了！」

阿誠臉也沒轉，拉高嗓音，半個頭被揭開的車頭蓋遮蔽。

偉業離職了？這麼重要的事，他竟沒對我說！阿宜被什麼震撼着。

「他很少回來啦，兩個多月前，曾回車房取回一些東西，說在弘慈醫院的什麼……對，病理部門做。」

「弘慈醫院病理部？」

「不做車房做公務員，不是更好？在醫院做，薪優糧準，工作又穩定。衰仔，有好路數……」

阿誠半個身子竄進寶馬的車底，阿宜帶着滿腹疑惑，截了一輛的士，向弘慈醫院的病理部駛去。

冬天六時半，天色瞬間黑下來，阿宜在路上，有無數問題在心中打轉，心寒得直打哆嗦。

弘慈醫院的病理部，晚上有員工當值，知道她找馮偉業，查了查職員名單，留下一句：「馮偉業嗎？他在殮房工作，這時間該收工了！」

阿宜只覺一道冰冷自背脊流向腳跟，偉業在殮房工作？為什麼？好幾個月了，偉業一直隱瞞着！他為什麼要騙我？他有什麼秘密？氣憤、失望、傷心、焦慮，她百感交集，在醫院走呀走的，找呀找的，那是一條可怕的漫長路，面前景象陳舊昏黃，陰風陣陣，她一個人踱着，感到出現鬼魅般的恐怖，心房「卜通卜通」的亂撞……

突然在幽靜的走廊暗角，冒出一名中年男子，衣衫襤褸，神情恍惚的蹲着，他抬頭望她，像癮君子般傻笑，把她嚇得彈跳起來，快步跑過。

愈走愈陰森，身邊彷彿滿是幽靈和可怕的事，阿宜走着走着，竟噙着淚水來……千山萬水，終於來到殮房門口，她希望一切都只是幻覺，按了幾次門鈴，正要離開時，卻看到偉業匆匆的出現在大門對面的接待區……

偉業把魚肉燒賣往嘴裏送，淡然無味，就蘸上醬油，就像那段回憶，咀嚼起來總不是味兒。

三月初的傍夜，乍暖還寒，偉業一直不明白，為什麼十五年前的那個生日晚上，兩人不可以好好談談。

當發現阿宜站在門口，偉業知道紙始終包不住火，打開門。

「你為什麼在這裏？」阿宜一副強勢的劈頭問道。

話說出口，發現語氣竟像在街頭撞破前度男友拖着一名女子般。那次，本來是約好的拍拖紀念日，前一天男友臨時爽約，說：「公司有重要工作辦，要趕去新加坡公幹幾天。」

「你為什麼在這裏？」偉業像回聲筒，也反問一遍。

這句話，又和前男友的回應一樣。

同樣的語氣，相似的被騙心情，阿宜心中的不解和怒氣，像油被火炬燃點，烈熊熊的。

她交叉雙臂，不甘示弱！「馮偉業，請你回答我。」

偉業像小孩被揭發錯事後，在認錯和辯駁之間，他選擇了後者。

「車房的工丟了。」

「不做車房，就要在這裏做？」

「我可以怎樣？整天遊手好閒『量地』？」

「車房的工丟了，不告訴我；找不到工作，不告訴我；申請在這鬼地方做，不和我商量；現在工作幾個月了，你偷偷摸摸想騙我到幾時？」

「我——」

偉業語塞了，他本想駁斥「哪有騙你！」卻發現自己實在理虧，唯有打岔話題接上去：「我們不是說好八時在餐廳等嗎？」

「說，為什麼要騙我？如果不是今晚我去車房找你，你要騙我多久？」

阿宜的聲音開始顫抖，光火了，站在門口，拉高嗓子，語氣很硬。

「原來你去了車房。是阿誠告訴你吧？你不信我，去車房查我！」

「馮偉業，你還想我信你？還問我為什麼來！衰人！騙子！」

衰人！騙子！正是上次在路上和前度分手前，阿宜說的最後一句話。

「我只是想遲些告訴你，不打算一直瞞你！」

「現在是七時半，三小時前你還說你在車房，阿誠不在那裏！我真的笨到相信你，去找你，好呀，我看清楚你這衰人，真不枉此行！」

「隨便你怎說吧！」

「看你，半夜留在這死人的地方，像什麼？鬼地方！」

「什麼鬼地方？這裏比做車房仔不知好多少倍！婦人之見！」

「我就是婦人之見，就是不喜歡你做這裏！你喜歡的話，你一個人做個夠吧！」

「我做殮房，還不是為你——」

沒等偉業說完，阿宜已截住他：「你如果真的為了我，馬上辭工吧。我幫你找另一份工作！」

「你怎麼這樣？我們結婚不用錢？我要儲錢！婚禮不弄好一點，你母親不要派頭了嗎？現在這種經濟環境，我可以找什麼工作？」

話說出口，偉業就後悔了，他還沒有向阿宜求婚，怎麼搬出這堆結婚的理由呢？現在咄咄逼人，擺出這些原因，明顯意氣用事，語氣也過火了。

阿宜肩膀發抖，合上眼睛，雙手掩耳：「別再說了！」放下手時，眼睛通紅，她含着淚水說：「馮偉業，真委屈了你！我不想聽這些理由。你那麼喜歡這份工，就繼續做吧！」

「你這麼野蠻！」

「我就是野蠻！我走！」

……

嚼着燒賣，回想那晚在殮房的對峙，他倆吵得兇，從未試過如此鬧翻。

年紀大了，這些年來，偉業逐漸明白阿宜。她，一個女孩由公司到車房，繼而到弘慈醫院病理部，再走迂迴的路到殮房，經歷的是怎樣的心情——不安、恐懼、焦慮、寂寞、無助……那是多難受啊！而且殮房位於醫院一隅，八十年代屬「無王管」地帶，醫院員工、警察甚至保安也不來，入夜後非常寂靜陰森，可說內裏龍蛇混雜，不時有癮君子、毒品交易和非法入境者出沒，阿宜會遇上嗎？該嚇壞了吧？可惜自己當時不了解，氣上心頭，把感情砸了。

偉業也開始理解，阿宜氣憤的另一原因，大概和過去經歷有關。她的父親隱瞞着家人，與其秘書外遇，直到東窗事發，和母親大吵一場後，離家出走，而阿宜上一段感情，也因男友不忠，被捉個正着而告終，自然憎恨任何欺騙的行為。

偉業瞞着他，或許觸動她的神經，喚起她很多不快而陰暗的回憶。

唉，為什麼那個時候，自己一味逞強，拒絕說對不起，把這段感情推下懸崖……

憤然說罷「我走！」後，偉業對着阿宜離去的身影，一時怒火沖燒，不甘示弱的衝口怒吼：「你走就走吧，這麼不相信我，我們分手吧！」

阿宜停下，回頭，眼睛紅了，充滿憤怒、怨懟，狠狠的回敬：「好，這是你說的。」

甫踏出門口，偉業後悔了，追上來，一把抓住阿宜手臂，阿宜的眼睛滾動淚水，把他甩掉，高聲說：「走開！看你穿的制服，真嘔心！放開你的手，我不要這又髒又臭的手！」

這時阿宜轉身，面向偉業：「馮偉業，我們分手吧！我說的！」

「阿宜！」

「別再叫我，別追上來。」

「我送你出去。」

「不必送了。要送，就送『他們』吧。」

阿宜頭也不回的丟下一句。

那個生日，那個晚上，偉業頹然的呆坐停屍間，惘然若失。他腦中空白一片，時間一小時一小時的過去，他如喪屍般瑟縮在停屍間，知道有段感情，像生命般逝去，正待埋葬……

之後，他倆陷入冷戰。

整整三個星期，他們沒有任何聯絡，是相識後的首次。這麼長時間互不理睬，大家都對這能耐有點訝異，直到一天，偉業想，還是算了，別鬥氣了！主動打電話給阿宜認錯吧，但面子一時放不下，而且撫心自問，自己真的會屈服辭職嗎？不見得，這份工也不錯呀！幾次拿起電話的手都停下來。

而阿宜同樣硬起心腸，不見面就不見面，和偉業賭氣，一日不辭工、不道歉就別見我，發着脾氣。

兩個星期又這樣膠着、耗着，偉業想男子漢大丈夫別計較，終於把自尊擱下，打了幾次電話給阿宜，初時母親説她不在，後來家裏就沒人聽。偉業於是特地請一天假，買束玫瑰花去找阿宜，卻發現她已離職，在她家樓下等上大半天也不見人。詢問看更時，才知道阿宜在幾天前已全家遷出，移民加拿大去了。

阿宜沒有把聯絡方法留下，偉業也不太認識阿宜的朋友，因此音訊杳然。初時偉業曾幻想，阿宜有他的電話住址，一旦回心轉意，回港時也有機會找他吧？但一年多後，偉業趁樓價負擔得了，和姊姊搬出唐樓，在載滿傢俬的貨車上，看着遠去的舊居，驀地有種感覺，與阿宜的關係像這離開的路途，愈走愈遠，藕斷絲也斷了。

在一次舊朋友的酒吧聚會上，偉業意外的重遇當年一起唱卡拉OK的朋友，自然把話題轉到阿宜，才知道阿宜到加拿大後，重拾書本，進大學進修，也一直為適應新生活、忙着新的父女關係和照顧母親。

「阿宜的母親健康有大礙嗎？」偉業故作鎮定，擺出一副「隨便問問」的表情，把內心的驚訝強壓下去。一直弄不明白阿宜離港的原因，終於有了眉目。

「聽説患了乳癌，要做手術又做化療，病情似乎不很好。」

「看來她在加拿大也不容易過。」

「凡事總有兩面。當時有位醫生對她和家人都好，他們拍拖了。」

「是這樣啊，結婚了麼？」

偉業存心打聽，卻把花生往嘴裏送，喝一口雞尾酒，假裝漫不經心。

「當然啦，幾年前，他們在加拿大結婚了。」

「啊，很好喔！」

「對呀，真叫人羨慕！『筍盤』嗎！」

「不知道有沒有孩子了？」為掩飾好奇，偉業把問題化為喃喃自語。

「上次在ICQ，她說懷孕了，女兒出生後，就很少聯絡回復，還失去聯絡了。」

「現在哪有人還用ICQ的？她有回港嗎？」

「都失去聯絡了，哪知道？你幹什麼啦，好像很關心人家的樣子，問長問短。」

「啊，是麼？始終同場一起唱過K嘛。」偉業把眼神移開，舉杯把酒一飲而盡。

這些年來，他寄情工作，週而復始的在停屍間解剖室來回，在出入遺體中麻醉情傷，也真的有某種催化作用，讓自己不去想這段感情事。

對着人生來了又去，原來失落的感情也算不得什麼，一切都會過去的，都可以和遺體一同陪葬火化。

該感謝殮房，他就這樣生活了下去。平日沒事，只是有某些時刻，譬如每年生日，或像今天這般的夜晚，總會像召魂般，勾起這段回憶，結了痂的瘡疤，再被撕破，心的傷口始終隱隱作痛，沒法完全癒合。

五

我對以往的感觸還那麼多
曾給我幸福的你
我依然深深愛着
有一種想見不敢見的傷痛
有一種愛還埋藏在我心中
我只能把你放在我的心中
這一種想見不能見的傷痛
讓我對你的思念愈來愈濃
我卻只能把你
把你放在我心中……

吃着最後一粒燒賣，耳筒傳來林憶蓮的《聽説愛情回來過》，述説一段繾綣的往事。

「有一種想見不敢見的傷痛，有一種愛還埋藏在我心中，我只能把你放在我的心中……」偉業把歌詞和燒賣一起嚥下，心底不期然哼唱着。

有些事，以為過去了，以為遺忘了，原來十五年來仍沒有好好放下。

聽着聽着，偉業有種感觸，在加拿大的阿宜，現在怎樣？一家生活好嗎？這十多年來，我已搬離舊居，換了電話，如果她回港，除了到弘慈醫院的殮房，該再也找不到這朋友了吧？唉，現在禿了頭，留了鬍子，肚皮脹大發了福，和當年廿八歲的自己相去甚遠，也真沒「面目」再見阿宜。

轉念一想，當大家真的相見時，又能說什麼呢？這麼多年了，我眷戀什麼、捨不得什麼呢？「嗨，你曾說不習慣加拿大的生活，現在好些嗎？」

「加拿大的生活好嗎？女兒那麼大了，時間過得真快啊！」

「有工作嗎？啊，我仍在殮房做……」

偉業幻想着和阿宜相見的對白，真諷刺，往年要好的情侶，分開這麼多年後，再見卻會如此陌生，如此彆扭。

他把耳筒塞進耳朵，調校 iPod 的音量，發現時代已經改變。以前與阿宜一起時，腰間掛着是 Sony「隨身聽」，現在換成蘋果 iPod，以前一人一邊耳筒，聽得溫馨，現在耳邊迴響立體聲卻感寂寥……很多事都回不去了。

偉業一直沒有離開殮房，入職半年後，他已適應這裏的工作，除了屍水和惡臭外，其實並不如想像中恐怖。

殮房流傳的一句話：「雖然環境不好，但慢慢你會習慣的。」果然不虛。

自從和阿宜分手後，他不是沒想過結識女朋友，也許是自卑心作祟和自信不足吧，學歷低外，殮房一職更叫他自慚形穢。

有次小學同學聚餐，他稍稍觸及自己在「醫院殮房工作」的事，席上的人頓時愕然，臉色一沉，有人揚起眉毛，斟酌偉業的字句，氣氛頃刻凝住，沒人接上半句話，像是什麼不可以觸碰的邪靈。直到有人衝口而出「大吉利是」，敲敲木桌面說一句「touch wood」，說什麼甩掉惡運，大家才哈哈的把話題轉去其他地方。

這件事叫他引以為鑑，別人的目光很不好受。對於殮房服務員的工作，偉業總心有芥蒂，每當發展感情時，都小心翼翼，步步為營，先打聽對方對死亡和殮房工作的想法，「測試水溫」後，才找機會切入殮房的工作。

既不想女友知道自己的工作，又想她接受，偉業也覺矛盾。只要對方不喜歡殮房工作時，偉業就會打退堂鼓。

漸漸地，他變得老練，像許多殮房的「老臣子」一樣，找到與人相處的「套路」，在任何場合，盡量避免談及自己的工作，如有初相識的朋友，也從不主動打開話匣子討論職業，免卻他人回問時自找麻煩。

在某些宴會中，席間就是有人不識趣：「嗯，先生，你是做邊行？」

「啊，做醫院的。」

「醫院，很好啊！鐵飯碗、福利好又有免費醫療。在哪間醫院？」

「弘慈醫院。」偉業擠出笑容。

「弘慈醫院？我一家住在附近呢！父母也在那裏覆診。做哪個部門？」

我靠！打爛砂鍋竟追問下去！想巴結我打關係嗎？偉業知道，再問下去會不妙，報以強顏一笑：「病理部。」

「病理部？沒聽說過呢！」

「對，的確很少人知道這門科目。」仍是有一句沒一句的回答，希望對方沒趣的轉離話題。

「做什麼的？」

偉業不想撒謊，這時就會有備而戰地滔滔不絕：「啊，很多人都不知道有這部門呢。病理部門在醫院也不小，主要做化驗測試。我們會為病人抽取的組織，做檢查診斷，找出病因。部門上下有十多名醫生，還有其他服務人員，為病人處理標本，幫助斷症……」

正當對方消化這些資料時，偉業就會說：「所以是為病人做化驗。不好意思，失陪。」就拿起餐巾抹抹嘴角，站起來暫時迴避一下。

從廁所回來時，這話題該完了。

現在他已很少出席紅事和喜慶宴會了，在不相識或少交往的親友中，最常問的總是工作話題，他像個到適婚年紀被追問戀事的少女，總想迴避這類的糾纏。

除了怕應酬人家外，更因殮房的職業在很多人眼中，是很「大吉利是」，會帶來霉運的。他不想接受主人家盛意邀請後，會令人不安，日後出狀況，甚至怪罪他。

夜闌人靜，偉業雙手作枕，躺在牀上，十一時多，宿舍的人不多，六張牀只躺了三人，不知晚上會不會有人在病房當值後回來睡？這十多年來，偉業每天出入殮房，夾在人間和陰間，與世無爭，他學懂在這夾縫中，卑微地生活着。

工作不算「光明正大」，仍有某種「意義」——處理死屍，服務死者，收取應得的酬勞，也天經地義。

這份酬勞，本來是用來組織家庭的，現在落了空。想着想着，偉業不無自責，對阿宜撒謊隱瞞，他是有歉意的，終究對不起她，更不該在東窗事發後，情緒失控。唉，真有點活該！

不知怎地，他腦子又響起一首多年前的舊歌，失戀後的幾年，這首《我的親愛》就不時撩動他：

誰人能明白我
我將空虛掩蓋
讓悲傷憂鬱癡情沉默到現在
明白現實是現實
明白總有意外
誰料我已永不懂再別愛……
Sayonara'o Sayonara'o
如忙忙匆匆的愛才現代……

他對自己說，在人生中，所有的事情都會過去，也是時候對這段往事說聲Sayonara了。

在送別過去前，他要先學習接納自己年少的幼稚和不堪，才能好好放下。也許因為剛接觸沙士個案，在面對感染和生死關頭，偉業變得多愁善感。儘管沒人聽見，說不上什麼原因，他心裏終於向阿宜說出「對不起」，就迷糊的睡去。

六

二〇〇三年三月二十七日。

偉業不會忘記那一天。

這可說是戰「疫」的分水嶺。

這天悲喜混雜，絕望和希望起伏。

早上新聞充斥着悲情的報道，社會的氣氛和人的情緒一再拉緊：感染人數急增，沙士迅速在社區蔓延；淘大花園發現五個家庭染病，附近住客需要搬離住所；瑪嘉烈醫院被指定為沙士醫院，專門接受感染的病人；急症室關閉、手術延期、親友禁止探望沙士病人；銀行分行和中央圖書館停止服務；香港政府宣佈，在所有入境管制站實施檢疫申報措施；中小學及幼兒園停課；患者密切接觸者，須醫學監測十天及向指定的衞生署診所報到……

一場疫症，令繁榮的香港，瞬間兵荒馬亂，節節敗退，許多服務被逼停擺，工作和學習都要暫停。

當每人都被這重擊嚇呆的時候，下午的一則報道卻迎來希望。

新聞發佈會中，一眾醫生在鎂光燈下宣佈，沙士的病源被偵破！確定導致非典型肺炎的病因，為一種「冠狀病毒」。微生物科的張教授坐席其中，報告率領的團隊從一名死者的肺組織中，成功檢測出病毒，這種「冠狀病毒」是在人類身上首次發現的品種。

張教授取來一張電子顯微鏡下的圖片，全港市民瞪着眼，第一次看到這致命病毒的廬山真面目——黑白照片中，有一粒粒病毒，呈現皇冠般的尖刺形狀……

從此，沙士這「嚴重急性呼吸系統綜合症」改稱為「冠狀病毒肺炎」，由於證實了病毒，就掌握病毒基因，研究團隊宣佈成功研製出快速基因測試方法，可以及早和準確地對「非典型肺炎」作出診斷和治療。

偉業的目光停留在團隊人員中，黎教授也在一眾內科和微生物科的醫生中呢！

終於找到看不見的敵人，加強診斷，這場戰役就有把握了。

「偉業，多謝你上次幫忙解剖，一起破解沙士之謎。」幾天後，黎教授走來感謝他。

「不用謝，小意思。」偉業並不覺得什麼，做要做的事罷了，但心底仍是高興的，想不到自己的角色微小，卻參與了這項重要發現。

其實偉業不太清楚什麼是冠狀病毒、輪狀病毒，之後才知道由於這解剖發現，讓人了解「沙士」的源頭、傳播途徑、對肺部的破壞、以及對抗病毒的療法，原來可怕的「沙士冠狀病毒」源自蝙蝠，再通過果子狸傳播到人類身上，因此要戒吃野味……

看着報道，他發覺自己也有點了不起，為社會做了點事。從小到大，都沒想過可以為人類做什麼，這次的經驗給他很大的成功感。

有那麼一次，下班時他有急事乘的士，下車時司機突然問他是否醫護人員，他一怔，答是，正要付錢，司機笑說：「不用了，送你一程。謝謝你們！」

香港人真有意思，好親切，偉業心頭一暖，為自己的身分驕傲，回了一句「謝謝」。

關上車門，嗯，那句「送你一程」，不正是他每天的工作嗎？

相送一程路，原來是那麼令人窩心的事。

沙士在香港，最終釀成 1755 人感染，299 人死亡，當全城再次除下口罩以真面目迎人時，香港已變得不再一樣。從此大家的防疫意識高了，家家戶戶都放着一盒口罩，清潔用 1 比 99 的漂白水，市民明白什麼是U形喉管，吃飯時開始多了人用公筷……

殮房也起了翻天覆地的變化——全港殮房加強防感染措施，抽風系統、解剖桌設計負壓情況都跟着改良了，員工做解剖或處理遺體時開始戴上口罩，也勤加洗手和清潔環境，許多習慣都因而改變。

沙士這場浩劫，終於過去，殮房的某些情況也回不過去了。偉業見證殮房的變遷，恍如重生般，開始對這裏產生感情了。

入職大小事

一

天帆來到欣欣學校附近，看看手錶，快到中午十二時，離放學還有大半小時，就在街角的快餐店找個位置坐下。

他要了杯奶茶，坐在近落地玻璃窗的一隅。或許是剛才離開殮房前，遇見嚎哭的喪親者，接觸到死別悲情，天帆的心情一直沉鬱，悶悶的像有股低氣旋籠罩着，心中的負能量，把美好陽光帶來的愉悅也抑壓下去了。

他想起師傅阿彪的話：「來這裏做，每天對着死人和不高興的喪事，負能量特別多。你要有心理準備。所以，一定要懂得開解自己，性格也要開朗些，否則真會鬱到病……」在殮房工作的人，要保持樂觀，他鼓勵自己，望向落地玻璃窗，已到午飯時間，路上和快餐店的人流多起來，攘往熙來，人生不也如此來了又去？

他突然很享受這刻，儘管人來人往，心卻有難得的恬靜，這是怎麼回事呢？原來一杯簡單的奶茶，一刻安靜的角落，有精神享受陽光，有健康迎接欣欣放學，也是件幸福的事，怎麼以前從不覺得？

快餐店悠然奏起一首流行曲：「最艷的花萎，最後化爛泥。夕陽無限好，天色已黃昏……」旋律把一幕幕剛才在解剖室的情景喚出來，死屍和解剖的影像重疊——那腫脹的男子、剖開的遺體、取出的血淋淋器官、抽取的血液和組織、解剖後重組還原樣子……

「解剖後我們要把器官放回去，縫好傷口，還原面貌。」阿彪的眉毛向上一翹，眼神流露一副自豪，像在說「話你知，這也是殮房員工的工作」。

解剖檢查完後，遺體的頸部會有點凹陷，除了影響容貌，也令衣領不再合身，高佬重塑頸部，讓它回復豐滿自然。「連喉核也可以重塑，穿上衣服就更靚仔了。」高佬一邊說一邊用「假體」物料填好頸部，再小心翼翼的從口腔窺探檢查，用手指移正假體的位置，確保重塑的頸部沒異樣後，取來C形的針線，一針一針的把頸下的傷口縫好。

「針一定要由頸向腹腔的方向縫，不可反方向，這樣線的收結和繫縛位置就不會在頸子上，影響觀瞻。縫線的方法有好幾種，下針時要由皮下向外向上的刺出，令線頭收放在皮下，聯好後就不礙眼，更靚仔了，『依時』(easy)！……」來到解剖的最後步驟，高佬的心情明顯輕鬆多了。

跟着高佬默不作聲，彎着腰，全神貫注，挨近切口勾勒一針一線，針線像長蛇般鑽進皮肉又竄出，Z字形在切口左右來回游移，高佬的手也如舞劍般，優雅的來了又去，靈巧而細緻，一拉一放一扯，分開的皮肉就再次緊緊靠攏，這真是門藝術啊！天帆讚歎，看着看着，忽然想起母親為他修補破衣服的情景……

解剖，粗中有細，有時大刀闊斧，有時又步步為營，像雕琢一件藝術品。這工夫要學多久呢？本來握着茶杯的手，不自覺的「之」字形的來來回回，虛擬縫合的技巧。

這時，他發現快餐店多了不少人，自己一人佔據四人枱，有點不好意思，看看時間差不多了，便離開往校門前等待。

天帆的目光，探索每個離開的學生。過去失業的兩個月，他每天都會接欣欣放學，讓老婆靜敏多些時間在家處理家務。

賦閒在家的日子快結束了，他特別珍惜接送女兒手拖手的時光。

「爸必！」欣欣首先發現他，嚷着向天帆衝跑過來。

天帆蹲下，把欣欣一抱入懷。

但她馬上推開了。

「爸必，你好臭！」欣欣捏住鼻子。

「啊，是嗎？」天帆嗅嗅衣服和雙手，衣服的確有股異味，是汗水嗎？好像不是，他嗅嗅掌心，雙手的異味更濃烈。

他想起，這陣陣氣味，源自停屍間和解剖室。

這臭味自離開殮房後，就和他如影隨形了。

初時他嗅到這股異味時，也覺奇怪，哪裏來的氣味？氣味隱隱約約，上巴士後，見有乘客在旁坐下後，旋即離開，捂住口鼻面露不悅，他不以為意，原來因為這氣味！

剛才在快餐店，有人捧着餐盤來到坐下又走開，也因為這股臭氣嗎？他用力吸氣，也感受到那股厭惡的氣味。

想不到第一個半天的殮房試工，就沾上臭味了。奇怪，離開殮房前，洗了手又換了衣服，為什麼仍有這味道？天帆暗忖。

一定是由於剛才的腐朽發臭的屍體。還是解剖時沾上的呢？解剖發現，那名死者大腸堵塞，整個大腸小腸都膨脹得像鼓起的氣球，醫生剪開腸道檢查，頓時整個解剖室臭氣沖天，中人欲嘔，醫生卻氣定神閑，把大腸內積儲的大堆宿便移走，提起腸子放在水龍頭下沖洗，終於發現死因——大腸癌堵塞腸子，也擴散至淋巴腺和肝臟。

醫生示意天帆走近觀察大腸的腫瘤，一股血腥和糞臭迎面襲來，天帆噁心得幾乎昏厥過去。

……

「爸必，你賴屎！」欣欣站在一旁保持距離。

「沒有。哪裏有？」天帆假裝東嗅嗅西聞聞，「啊，原來臭味來自欣欣的書包！」

天帆扮成張牙舞爪的老虎，一手撲向女兒的書包，抓起，欣欣閃開，把書包卸給父親。

天帆站起，背起書包，想拖小手，低頭看見欣欣把雙手放在背後，不肯伸出，露出誇張厭惡的表情——這女兒表情多多，真可愛！

天帆搓揉雙手，「來，擊掌！Give me five!」

「不！」欣欣把手放在背後。

「手上的臭味傳給欣欣就不臭了！Give me five! 傳給你！傳給你！」天帆揮手，追拍欣欣。

「噫！不……哈！……」欣欣往前跑開。

回家路上，天帆回想，半天工作完畢後，馮主任問他：「來了一個早上，還好吧？」

「嗯，還可以。」

「想吐了嗎？」

「還好。」洗了手，換回衣服，天帆感覺清新多了。

「如果沒有問題，下個月返工吧。」馮主任說得直接，天帆點頭，回應一聲多謝。

從此，他身上就會散發這股氣味——這殮房獨有的印記，日後將伴隨着他了。

回家路上，屍臭的氣味，若有若無，間或襲來，更多時間是連自己也無法察覺的。天帆疑惑，大概鼻子會適應這種死亡的氣味，像體臭一樣，成為自己某一部分。

「『媽摵』早上送我返學時，說你去見工。如果找到工作，可能不再送我上學放學，假期也不能在家陪我。」女兒在路上心事重重。

她喜歡把「媽咪」的尾音拉高拉長，說成「媽摵（Mee）」。

「爸必下個月才返工，還可以接送欣欣兩星期。」

「我情願爸必不上班，在家陪我。」

「爸必有工作，可以買新書包，買雪糕給欣欣吃，你不喜歡嗎？」

「不喜歡。以後欣欣就不可以和爸必一起上學放學。」

「這工作對我們一家很重要呢！」

「是什麼工作，比欣欣重要？」

天帆猶豫了，他如何告訴其他人自己的工作呢？他腳步一頓，彎腰對着欣欣，把她被汗水黏貼額頭的劉海撥開：「爸必在醫院工作。每天要體力勞動，搬運病人。」

「但我不喜歡爸必的醫院的氣味。」

「爸必下次洗澡後才見欣欣，好不好？」

「這工作不好。爸必不要做這髒工作！」

「每個人都要為生活而工作，媽摵在家也在工作啊！這不是髒工作，爸必也為病人服務，工作無分貴賤嘛。」

天帆本想簡單解說，料不到說出口時，卻帶說教的口吻。

欣欣的頭垂下。

對小五的學生，會明白「工作無分貴賤」麼？工作的確無分貴賤麼？天帆也懷疑。

靜敏打開門時，已嗅到天帆身上散發的氣味，眉頭一皺：「去，先洗個澡！」

天帆抓起新衣服及毛巾，關上浴室門，那股腐朽混合排泄物的氣味，隨着霧化的水氣，再次刺激他的嗅覺神經。他在嘩啦啦的花灑下清洗，驀地對這氣味感到厭惡，連帶整個人也感到骯髒，於是把肥皂塗抹全身，連頭髮也使勁搓、使勁洗，要把某些污穢沖擦消失。

他來回塗抹肥皂，由頭髮到腳趾再洗一次。

噢，氣味竟像滲入皮膚和頭皮深處，總揮之不去，他甚至用沾着肥皂泡的指頭捅進鼻孔清洗，發現氣味仍殘留，是烙在腦中樞了。

廁所洋溢着肥皂的清香，天帆心情一振，引吭哼着：「每秒每晚彷似大盜，偷走的青春一天天變老，只可追憶到，想追追不到……風花雪月不肯等人，要獻便獻吻……」想着今早遇到的屍體，頓感人生很「化學」，來去匆匆，一切很無常。

只有此時此刻，仍有氣息時，才最值得珍惜。

真爽神！天帆揩抹身體，總算回復全新乾淨的自己，心想這幾天要去一趟超級市場，買些肥皂、洗頭水之類的放在殮房，放工後，洗澡辟味後才回家。

晚上在牀上，天帆問靜敏，終於找到工作，明天送完欣欣上學後，一起在外面吃早餐慶祝一下好不好？好像已很久沒去美德餐廳了，拍拖時他倆常去這地方；早上他總會早到十分鐘，在餐廳先為她叫一份通粉、多士和奶茶，一起吃完早餐才趕去返工。

「不知現在那裏的多士和奶茶，還有沒有水準？」他低聲呢喃。

以前經過美德餐廳，天帆總想和靜敏試試對面的尼斯酒店的法國餐，極多好評，聽說水果甜品很有名，尤甚是芒果朱古力慕絲啊！當然一分錢一分貨，當年打算趁生日或結婚周年去一趟，但欣欣出世後就擱置了，今晚心血來潮又躍躍欲試，兑現承諾……

他今晚興致正好，想談談以前拍拖和結婚後的情況，轉頭看靜敏，見她已累極入睡，便端詳她的臉，以前他一躺上牀就合上眼，原來靜敏酣睡時，呼氣聲會比吸氣長得多。

天帆以手作枕，想起今早見工的情況。靜敏想知道父親如何被剖驗嗎？原來屍體很臭，核對出入也費神「要睇住」，還有肥豪，會唱歌給自己正能量，和阿彪一臉自豪的「話你知」……

在殮房，見證逝去的生命，他想起離開的婆婆，和其他閃過腦海的離世親友，頓覺時光過得很快，欣欣要報中學了，很多事都來不及珍惜似的……

怎麼上班不足半天，人就多愁善感起來？還是睡吧，天帆告訴自己。

二

天氣有點悶熱，墳場的人並不多，天帆一家三口去掃墓。

「欣欣，爸必下星期一正式上班，由媽摵送你上學。」天帆牽着女兒的手，把安排告訴她。

欣欣低着頭，沉默。她氣咻咻的拾級而上，行行重行行，像踏着一條艱難的路，分不清是氣喘聲還是歎息聲。

「爸必下個月出糧後，我們一家人吃大餐。Yeah!」靜敏企圖緩和氣氛。

「你最喜歡去哪一間？」天帆偷偷望欣欣一眼。

「嘩，聽到都流口水。」靜敏附和，見欣欣仍沒答話，說：「等一下看到公公，我們把爸必找到工作這消息告訴他好不好？」

「嗯。」欣欣總算回應了。

「也邀請他們一起去吃吧！」

天帆語音剛落，靜敏補上：「呀，不如吃自助餐！公公和你一樣，最喜歡吃甜品！」

「嗯，哪間的甜品好吃呢？」

天帆作狀喃喃自語，靜敏夫唱婦和：「呀，不如去尼斯酒店吃自助晚餐好不好？那裏的甜品超級有名呢！」

欣欣眼睛一亮：「真的？往尼斯酒店吃自助餐？好啊，上次經過，那裏有好多雪糕和蛋糕啊！」

「有沒有朱古力？雪糕是Haagen Dazs嗎？不是的話我不去啊！」

靜敏拿出手機按了按，給欣欣看，欣欣瞪大眼睛：「那裏沒有Haagen Dazs，爸必沒得吃。呵呵！」

「沒可能！這麼大間的酒店自助餐，怎可以少了Haagen Dazs？」

靜敏舉起手機：「那裏正做推廣，Movenpick蛋糕。爸必不吃，媽摵和欣欣去吃。」

欣欣吃吃的笑，天帆高興的把雙手舉高：「嘩，Movenpick！好嘢！」

到了靈位前，靜敏踮着腳，用乾布揩抹碑上的相片，把沾塵的舊花束摘去，換上新簇的假花，向着相片閒話家常：「阿爸，天帆終於找到工作了，在明濟醫院的殮房做服務員，你在天之靈好好保護他。」

她站立，頷首，向靈位合掌，說完後又覺得有點不妥，保護什麼？怎麼把殮房說成像有邪靈的凶險之地？其實那裏好歹也是送別死者最後一程路，讓生死相安，於是轉了說法：「謝謝你保佑他找到工作。」

她雙手合十，再靜默一會，天帆也走前，雙手互握放在前額上，心裏說：「阿爸，找到這份工，生活和交租都該應付得來，不用擔心，我會好好照顧靜敏和欣欣。」他拍拍女兒的肩膀：「欣欣，和公公說些話。」

對於公公，欣欣並沒有記憶，只說：「公公，爸必找到工作，我們會一起去吃甜品自助餐，有 Movenpick 蛋糕呀！媽摵說你喜歡吃甜品，你也來吃啊！」

最後一句把大家逗笑了。

告別靈位後，欣欣邊走邊問：「爸必，你在醫院殮房工作，做什麼的？」

天帆對這問題早有準備：「唔，醫院有些病人救不來，會離開，像公公一樣。爸必的工作，是專門照顧這些人，陪他們過最後的日子。」

欣欣眼珠滾動，似懂非懂：「會像以前速遞員一樣，到處走，運送他們嗎？」

「不，爸必會在室內工作，不會像以前那樣日曬雨淋。」

「即是沒以前那麼辛苦吧？」

「不知道呢！但體力勞動少不了的。」

「是不是因為體力勞動，出汗多所以身體會臭呢？」

原來欣欣仍介意那股氣味！天帆蹲下來撥撥欣欣的劉海，由她頭頂掃向後腦勺，說：「爸必照顧的病人，有時會有氣味，會沾上來，上次因為沒有洗澡做了『污糟貓』。我答應欣欣，以後放工前會先洗澡，『香噴噴』才回家好不好？」

「好，我就批准你吧！」

「哈，那——謝主隆恩。」

天帆和靜敏同時打揖。

「爸必每天照顧病人，算不算就是婆婆說的，人要『做大事』？」

「哈哈，這不是什麼大事。」

「不是大事，就是媽撼說的，『用大愛做小事』了。」

靜敏莞爾：「欣欣，這句話不是媽撼說的，是公公說的，公公最愛用這話教媽撼，『並不是人人可以幹大事，但都可以用大愛做小事』。」靜敏模仿父親伸直食指，老氣橫秋的低沉嗓音，語氣一轉，向欣欣說，「你在我肚子裏不知聽了多少次！」

「爸必照顧病人，是大事！我覺得該是『用小愛做大事』！」

「小愛也能做大事？……」

一家人你一言我一語，嘻嘻哈哈的離開墳場。

天帆心想，殮房服務員只是醫院的小角色，在僻遠的角落工作，每天做的都是沒人欣賞、沒人留意的微小事情，真的可以「用大愛做小事」嗎？殮房的小事，又是什麼呢？

人工不包

一

師傅阿彪打開屍袋，準備確實身分時，發現遺體有點不對勁。

婆婆的頭下，墊着一張捲起、染滿血漬的毛巾。

阿彪從屍袋抽出那條長長的毛巾，把毛巾遞給站在附近的高佬，問：「喂，高佬，你把毛巾墊在條魚的頭下嗎？」

「無聊。」高佬瞄一眼，走開。

阿彪拿着毛巾，來到在不遠處盤點物資的天帆，高聲問：「阿帆，是不是你做的？」

天帆聽出語氣背後的怒意，知道或許闖禍了，他見到是早前處理屍體時用的毛巾，點頭。

他不明白，好好的乾淨毛巾，怎麼會染滿血漬？

兩星期前，天帆把這條毛巾墊住婆婆的頭下，當作枕頭。

「大佬，用毛巾作枕頭，人工包嗎？」

「真……不好意思。為什麼——」

「毛巾咁污糟，家人領屍時看見怎行呢？多此一舉！」阿彪不耐煩的訓話。

天帆呆站不敢吭聲。

也許經歷過婆婆和岳父離世，又或許源於初生之犢的一腔熱誠，天帆總想為死者、為親屬做點事，別像以前工作般得過且過，「用大愛做小事」嘛，他想起欣欣的話。譬如說，當家屬瞻仰遺體時，照面的打擊會令他們一陣昏厥，又或悲愴痛哭，他會馬上讓家屬坐下，遞上紙巾；又或者，整理儀容後，把遺體交給家屬時，說一聲：「公公像睡着一樣」……

這些他都覺得是小事。

兩星期下來，天帆已習慣接觸遺體，覺得他們並不如想像中可怕，像安詳酣睡的人，只是和一般沉睡的人不同的是，他們的頭頸，並沒有枕頭承托，令睡相很不自然，甚至有點狀似辛苦呢！

有好幾個背骨彎曲變形的病人，躺着時像背後被龜殼頂住，頭仰天，頸後彎，嘴也張開，很不舒服的樣子；而一些遺體，不知是頭骨形狀或頸部失去承託力的緣故，頭總側向一邊，不單會令臉部的顏色不均，也令左右兩邊臉頰出現不同程度的水腫。

對於這些，他於心不忍，曾問高佬如何處理，只換來一句——

「這是無可奈何的事啊！」像叫他別管。

天帆卻不這麼認為。

於是他取了醫院的毛巾，摺好捲起，當作枕頭，放在死者的頭下，讓他的頭頸位置回復正常，下頷收起，連張開的口也微微合上，睡姿好看多了，整個臉部的顏色和形狀也對稱。這時他還會用手輕壓死者眼瞼，讓眼睛合上，感覺就更安詳。

如是者，每當他把遺體移入儲存格前，都會為他們的頸後面墊上毛巾，做些善後工作。

這些為遺體做的「小事」，會耗他幾分鐘，但剛入行不久，工作量不大，他認為是可以應付的。

只是天帆一直弄不清楚，這些事是為死者做，還是為家屬做，甚至為自己做——病人躺得安詳，自己就會心安、滿足、滿意，也讓工作多點「意思」。

想不到才兩星期，就捱罵出事了。

「幸好我檢查一下，否則給人看到那麼髒的毛巾墊在頭下，不投訴才怪！」阿彪找來一個水桶，把沾濕啡色液體的毛巾丟進去。

「自作聰明！你真多事，看，整條毛巾又濕又臭——」阿彪嘮叨，「你給我拿來兩條毛巾，在水龍頭下弄濕。」

天帆趕緊把弄濕的的毛巾遞給阿彪，阿彪把毛巾擰到半濕不乾，一人一條。

他倆來到遺體旁。

婆婆剃光了頭髮，阿彪清潔她的後腦和頸後，那裏明顯有道剛縫合的手術傷口，由頭頂一直伸延至整個後頸位置。

原來婆婆死前剛做了腦和頸手術，難怪血漬污染了毛巾！

「靠！」天帆暗罵自己，自責怎麼沒留意呢？以後用毛巾墊在頭下時，要留意病人是否剛做過手術。

做多錯多，還是索性別再墊毛巾了，多管閒事！他心裏另一把聲音說。

天帆一邊揩抹頸後血漬，一邊擔心，才找到工作，會否把飯碗砸了。

把沾上血漬的後腦清潔後，阿彪站直身子，靠近天帆提點：「阿帆，你為死者做些事，我不阻止你，但要想想後果。」

「對不起。」

天帆以為阿彪說的「後果」，是毛巾會弄髒遺體，家屬會不高興投訴等，不料他像有什麼天機洩露：「你這樣做，我明白是出於好意，但我不能要求肥豪或高佬像你一樣。好人難做呀！」

天帆本想搔頭，發現戴着的手套，沾着婆婆的血漬，即把手放下。

「這些門面工夫整色整水，人工不包的。殮房每年處理幾千條魚，每個都這樣照顧就不得了。明白不明白？」

「明白。」天帆吐出這句話，卻忍不住皺起眉頭，心裏納悶：「這是什麼意思啊？」

天帆的眼神出賣了他，阿彪一臉嚴肅的伸直食指：「我看你還是不懂。打個比喻，每天辛勞工作，放工時，我給你、肥豪和高佬每人十塊錢，你們不會覺得怎樣，是不是？但如果一天，我給你二十塊，其他人十塊，你覺得肥豪和高佬會怎麼想？為什麼你會有優待？你和我到底有什麼瓜葛，對不對？」

天啊！我做錯什麼嗎？為什麼談到這些？天帆斟酌這話的意思，弄昏了頭。

「你沒有聽明白嗎？那麼我畫公仔畫出腸子來吧，如果一些魚有優待，一些沒有，就會形成不公平，家人知道會有什麼感覺？沒受到優待的家人會不高興，或會投訴的。」

阿彪口中投訴前投訴後的，似乎這對他很重要。

天帆一驚，面容繃緊。

阿彪打量天帆的臉，心軟下來，一副苦口婆心的口吻：「你為死人做事，不會有回報的。死人不會知道自己的改變，你也不想他們夜裏走來謝謝你吧？」

阿彪的眼神露出詭異的微笑，話刺痛了天帆，他努力控制心情，別讓不悅流露出來，納悶地回答：「不好意思，令大家難為了。我以後會留心。」

「知道就好。」

激動被壓了下去，天帆想起喪親的經驗，鼓起勇氣想表達清楚：「其實我墊毛巾，除了想死人安詳些外，也希望家人看見會好過些。」

阿彪口罩上的眼神，露出難以解讀的笑容，像對天帆的話既諒解又否定，他老氣橫秋的說：「唉，話你知，條魚安詳與否，純屬家人主觀感受，信則有，不信則無，圍繞死亡很多事都真真假假，弄不清的啊！什麼是真，什麼是假，不必深究。」

天帆明白，世上很多事，的確難分真與假。

既然真假無法分辨，讓家人相信美好的事，不是更好嗎？關於這點，天帆當然不會和阿彪爭辯。

他有點沮喪，工作才兩星期，原來某種熱誠已受挑戰。殮房，有一套潛規則，要小心摸索，否則容易好心做了壞事，令同事難做。

「我看看，這樣真的安詳些？我才不信！」

阿彪取來毛巾，捲好，墊在婆婆頭下。婆婆仰起的頭就平放了，嘴巴微微合上，一副安睡的樣子。

阿彪直着身子，站在推牀旁，說：「衰仔，有了枕頭果然好看些。」

天帆鬆了口氣。

「如果真的要墊毛巾的話，要勤換毛巾，知不知道？快把條魚給回家屬吧。」

阿彪意味深長的說完後，走開了。

天帆一愣，莞爾的點頭道：「知道，師傅！」

二

「呼——呼——」

在停屍間，天帆把遺體滑出儲存格時，他已依稀聽到這呼氣聲。

呼氣的聲音微小，一下就過去了，幾乎被停屍間的空氣運轉聲掩蓋。

這是不尋常的聲音。在停屍間傳來呼吸聲，絕對是駭人聽聞。

這時親屬正待領取這遺體，而聲音稍縱即逝，一定是聽錯了，天帆馬上說服自己。

沒可能的，想多了，他繼續專注工作，沒再理會。

儲存格的門「砰」的關上，當他把遺體移正位置時——

「呼——唔——」的深沉聲再次傳來。

千真萬確，這次比剛才的大聲，而且呼氣聲拉長了。

他停下，馬上把手縮回來，因為發現——

聲音分明是由屍袋內發出的，與其說像呼氣聲，更像是胖子沉睡時發出的鼾聲。

怎麼他——還——會——呼——吸呢？天帆感到一陣寒慄，自頭頂掠下腳跟。

這男子留在儲存格已有廿天，零至六度的低溫，竟仍在呼吸？

天帆甚至發覺，屍袋近頭的位置，因為氣流，由內向外的膨脹了一下！

雖稍縱即逝，卻足以叫他心裏發毛，全身疙瘩。

天帆停下來，怔住，再次説服自己，別自己嚇自己，心卻不受控的卜通卜通亂跳。

他把耳朵聳起，盯住屍袋留心好一陣子，沒有了，除了停屍間的抽氣聲外，屍袋靜悄悄的，毫無動靜。

是不是幻覺了？他手心冒汗。

一個月前試工時，阿彪的話劃破腦海：「生人唔生膽！在這裏工作，千祈咪自己嚇自己。」沒事沒事，人都死了，呼什麼吸！自己嚇自己！

為了核對身分，他打開屍袋，掏出病人右手時，男子又「呼——唔——」的一聲，由於遺體外露了，這次的鼻息聲分外明顯，就在天帆的耳邊。

他甚至感受到男子呼出的鼻息，在面龐轉了一圈，嗅到他口腔的氣味。

冰冷的感覺，再次由背脊流到腳踝，他把病人的手一丟，彈跳開去，跑去找阿彪。

「師傅，不得了，有病人沒死！」

阿彪正在清潔解剖室，拖地的手停下來：「不會吧？」

「真的！在停屍間。」

「我靠！那剛從病房來的病人嗎？」阿彪把拖把往牆一甩，抹一抹手，箭一樣衝出解剖室，半隻腿才踏進停屍間就問：「哪裏？」

「五十二號櫃旁。」

天帆跟在後面，阿彪停在推車旁打量，屍體沒有任何動靜。

阿彪打量一陣，難以置信的說：「不會吧？死了啦，屍斑也出來了，不像剛從病房來的樣子。」

「不，在這裏廿天了，親屬現在正要領取。」

「廿天！凍也凍死了！」

「但剛才……他真的在呼——吸，『呼——唔——』的好大聲。」

天帆繪聲繪影，企圖說服阿彪：「呼吸了幾次。一時有，一時沒有，現在……像靜止了。」眼神露出「真的」神情。

阿彪眼珠流轉，明白過來。

「你是説這樣嗎？」阿彪推遺體一下，屍體再次發出「呼——唔——」的深沉聲。

「對！就是這樣，又呼吸了！」

阿彪聳起食指，屈動幾下：「你來，推他！」

天帆誠惶誠恐的輕觸男子，一碰，手即縮回來。

沒有反應。

「你沒吃飯嗎？大力點！」

天帆往男子腹側一搖。

「呼——唔——」

「再推！」

天帆膽子大起來，再推，「呼唔——」，又推，男子仍在「呼唔——」。

「原來你説這聲音！」阿彪鬆一口氣，「大佬，剛才給你嚇死，我成世人都沒見過有人 certify 錯，死後復活的。人嚇人沒藥醫啊！」

「真不好意思……」話是這麼説，但知道病人不是「復生」，天帆的寬慰比歉意多。

「話你知，人死後有時會有空氣由肺湧出來，撥動聲帶就發出聲音了。」

「咦！原來這樣啊！」

或者由於剛才推來推去，遺體歪了些，阿彪把它移正時，「呼唔——呼唔——」又傳來。

「這算小聲了，我曾遇見條魚，發出的聲音像牛一樣，又低沉又大聲，當時我在停屍間門口，還想為什麼牛會闖進來了，哈哈！」

「這呼唔——，真像睡覺的鼾聲。」

天帆也忍不住呵呵大笑。剛才的驚悸一掃而空，停屍間傳來難得的笑聲。

「對，睡得多沉，像豬一樣啊！」

天帆想，原來人死後，遺體出現的變化真的不少，要好好認識了解，否則會貽笑大方。

他也對殮房工作開始改觀。遺體並不都是恐怖的，處理遺體也有輕鬆的一面，不必老緊繃着神經。

「生人唔生膽，自己嚇自己！」阿彪的背影往解剖室走去。

三

三個月的試用期結束，天帆已跟進出入數以百計的屍體，見多了遺體，開始適應一般的遺體變化、屍臭和發脹等，也少了幾分厭惡感。

最困難的，大概是解剖吧。解剖需要的學問不少，相信仍要一、兩年的培訓和學習，他始有足夠信心獨當一面。

殮房有許多新奇事，他開始習以為常，他想起師傅阿彪在他入行時說的：「雖然環境不好，但慢慢你會習慣的。」

殮房的工作，畢竟充滿負能量，在這裏談笑哼唱，得暗地裏做，每天他都會遇上悲傷事、啼哭聲，情緒難免既沉鬱又壓抑。對住屍首和喪親者多了，為免把負面情緒帶回家，天帆發現，離院前的洗澡是很好的緩衝，讓他重新振作抖擻，過渡「陰間」，折返人間。

於是，每天放工後，天帆會在龍頭大開的花灑下，沖呀沖的洗滌，把不快的感覺和留在身上的臭味，伴隨肥皂的泡沫和香氣沖走，把沾污的工作服往髒衣糟一塞，再換上從上班就掛起的衣服，乾乾淨淨的走出這死亡的角落，重投生生不息的城市中。

當乘搭離開醫院的專線小巴時，他都慶幸自己，心境仍是樂觀的。

聽人說，經歷過死亡的人，更懂得珍惜生命。天帆開始明白這句話的意思，至少每天回到家裏時，看見靜敏在，欣欣在，一家人平安，他的心是溫暖的。

天帆見過不少屍體，最難受的，仍是因擺放太久，而出現嚴重腐朽的屍體——

那濃烈得令人作嘔的屍臭、滲漏的腥紅屍水和發霉的軀體，令他疑惑，是什麼原因叫家屬長久不來領取遺體、令死者無法入土為安？對死者他於心不忍，對家屬即難免忿然，但這大概涉及如爭奪遺產、如法律控訴等許多原因，他總覺無可奈可，無從過問。對着這些長期擺放的遺體，只有一種無力的感覺。

幾天前，當天帆打開儲存格時，一股惡臭襲來——他不會忘記這混雜血腥和排泄物的腐朽氣味，這股氣味像積壓良久，躲在潘多拉盒內的幽靈，當儲存格的門一打開，幽靈就蜂擁而出。

靠，中伏！雖隔着口罩，他仍感到昏厥嘔心，本能地後退幾步，停止呼吸，把儲存格的門關上去。

但已經太遲了——停屍間已被幽靈充斥，他像一個做錯事的小孩，呆站在儲存格前。

身在遠處的肥豪如獵犬般走來，眉頭緊皺：「『馬帆』，等一下一起清潔。」沒多說話，留下一句就走開。

再來時，肥豪戴上口罩，氣定神閑的，半個頭探進儲存格，左右檢查一遍。儲存格以三乘三為單元，猶如九宮格般躺着九具遺體，他上下打量。

儘管儲存格內懸掛着辟味用的炭袋，但正如阿彪所說，辟味的效果不彰。

「是左下面條魚，發臭了。來，一起清潔。」肥豪發現問題癥結，把門關上。

甫關上門，肥豪發現板上掛有黃色的顏色標籤，嚷道：「這條魚屬第二類，有傳染性。小心點，做好保護，就長做長有了，一起穿保護衣吧。」

吩咐的時候，神情淡定，完全不當一回事似的，頗有大將之風。

他邊走開邊吹口哨，「夕陽無限好」的旋律悠然在停屍間響起，天帆本來如臨大敵，在旋律中，亂跳忐忑的心，漸漸穩妥下來。

肥豪和天帆穿上保護衣，他遞上口罩，說：「不習慣的話，多戴一層口罩！」

天帆二話不說，戴上雙重口罩，卻發現肥豪並沒有戴多一層。

打開潘多拉盒，天帆從儲存格抽出遺體。

「嘩，出了整袋屍水！」天帆大喊。這是他頭一趟見滿袋子的屍水，腥紅的體液溢出裹屍袋，滲漏出推牀上。

肥豪拉開膠袋，屍水積在袋裏，形成不規則、深淺不一的「湖泊」，一些地方黏稠稠的，強烈的惡臭撲來，天帆幾乎把肚裏的三文治全吐出來，馬上別過臉去。

肥豪說：「怎樣，想吐嗎？……想的話再吸多口就會習慣了。」

儘管口罩上的雙眼在笑，但一邊清理，仍一邊嘮叨：「這條魚真的好臭！嘩，真是極品的臭！……」

天帆和肥豪頂住噁心的腐朽臭味，費了好大的勁兒，才把屍袋換掉。真難相信，一個水腫的病人，死後滲出的屍水會沾滿四條大毛巾。

肥豪瞄一眼手帶，上面有病房資料，嘀咕着：「果然來自深切治療部，難怪嚴重水腫。」

那是一位中等身材的男子，手腳嚴重浮腫，皮膚因腐化而脫落，皮下囤積的體液滲出成為屍水，沾濕衣服，發出惡臭。

「衣服濕淋淋的，等一下要打電話給家人，叫他們領取遺體時帶衣服來換。」肥豪這句話，既像提醒又像吩咐自己。

天帆把死者的手放好位置，留意到手帶上的死亡時間。

「嘩，原來死了十個星期，家人都沒有來領。」

肥豪咂舌頭發出「嘖」聲：「難怪發臭了。唉，條魚擺了十個星期，仍沒人取，不知有沒有家人？馬帆，你稍後問問老馮。」

天帆虛應一聲「嗯」，心想沒人認領？難道是流浪漢露宿者？還是又一宗爭遺體案訴諸法律？

「看，臉上也發霉了！」肥豪呼出一口鼻息。

他拿起半濕的毛巾，把耳背、眼角和鼻孔的，又灰又白又暗綠色的霉菌輕輕抹去。

天帆在旁觀察，這肥豪平時粗魯大聲，這刻的動作卻溫柔細緻。

終於把屍袋和身體清理好，肥豪望望天帆：「看你的樣子，臉部縐成一團，很難受吧？」

「擦——」肥豪把屍袋拉鏈拉上，低吟道：「別想太多，會習慣的。聞氣味、做清潔，人工包的。我們每個月九百幾元的『揦鮓費』，不是浪得虛名。」

肥豪語氣半帶戲謔，彷彿所有的骯髒、臭味和低賤，都可以因「揦鮓費」合理化，毋須計較。

骯髒和臭味，人工包的，但其他呢？天帆想，大多數人該很抗拒屍體，也會害怕自己吧？試問誰願意明白我、對我的工作感興趣？有誰會歡迎，這雙沾屍血的手、散發屍味的身體呢？

他想起了那天校門前的欣欣，她那憎惡的表情，掙脫的雙手。

為免造成不安，對於工作，天帆必須學習，在別人面前保持低調沉默，除了家人和最要好的朋友外，少和人分享為妙。

「別想太多，慢慢會習慣的。」這句話又浮上腦海。對於處理屍體的大小事，天帆一直弄不清楚，這種「別想太多，慢慢會習慣」的態度，是造極登峰的昇華，還是溫水煮蛙的麻木？也許只是一種適者生存的態度罷了。

日復一日，幾個月來，天帆發現，自己開始得過且過，工作味如嚼蠟。

試用期完結後的某天，回家路上，不知怎地，突然問自己，為什麼仍在殮房工作下去？現在市道似乎好了一點，該轉工嗎？人工當然會少了些，但至少不會有「抬不起頭，偷偷摸摸」的感覺。

當初入職前，不是說「騎牛找馬」嗎？腦海中閃過「初心」兩字，我的初衷是什麼？為了錢還是欣欣口中的，用「大愛做小事」嗎？

天帆自覺沒有大愛，小事是做了些，但死者和喪親者，都是沉默的一羣。為死者做的事，死者不會有反應，家屬也未必知道，每人領取遺體，離開殮房後，頭也不會回的。

猶如把石頭往海裏一扔，無論你多着緊多用力，卻連「咚」的落水聲也聽不見。

這真是件消沉的差事啊！回家的路上，天帆懷疑自己在殮房的能耐。

午餐時，他乘機向同事打聽，他們憑什麼在殮房做到現在？

「這問題很無聊。有錢收就是了。」

「馬帆，果然是問題中佬。你認真就輸了。」

「做就做啦。話你知，人一世物一世，眨眼就過。」

……

早上，馮偉業提着兩盒西餅來休息室。

「馮主任，好客氣啊！這是什麼日子？」

「是家屬多謝大家，請大家吃的。餅店剛送來，我問准了王醫生，收得。」

「家屬請食餅，頭一趟呢！」阿彪難以置信。

大家像螞蟻般圍住精美的西餅，起了一陣哄動。

「好精緻啊！」

「嘩，有水果撻和慕絲！」

「這餅店我每天上班都經過，想買來吃，但好昂貴啊！」

「馮主任，誰的家屬？」

「剛才說是陳志傑家人送的。」

「陳志傑？好熟的名字！」高佬嘀咕。

「很多人都叫志傑志偉或家樂啦，當然熟！」

大家取笑高佬，高佬翻查遺體紀錄，「十五號格，六十歲男子，上個月廿號領走了。還借用了我們的禮堂院出。」

「三星期前的事了。」

「你們做了什麼？」偉業打探。

大家面面相覷。

「我印象中是兒子領屍的……唔，還不是跟平時一樣。」

「似乎沒什麼特別呢！」

「那為什麼呢？」偉業疑惑。

「好嘢唔駛問點解。我先吃了！」

天帆的手伸進盒子，小心的把藍莓芝士蛋糕取出，心想，也許不必探究做了什麼豐功偉績，家屬才會答謝吧？妥善保存遺體、平安的把死者移交給家屬，也值得感恩吧？

就像他以前做速遞員，只要穩妥地把文件或禮物交在收件人手裏，也會令收件人既高興又感謝，何況是逝去的親人呢？

殮房工作的員工，絕少收到家屬的感謝、鼓勵甚至回應，天帆開始時有點氣餒，後來聽到許多人說，辦理身後事，要撇脫一去不回頭，才明白了些。

現在竟有家屬回頭答謝他們，的確令他們感動。其實喪親者心中有感，只是不善表達罷了。天帆忽爾有這種領悟。

處理遺體事，有時的確骯髒和厭惡，但這工作真的「揦鮓」嗎？想深一層，為家屬安排好身後事、給死者一份尊重，也很有意思，工作其實很重要，一點不低下。

但天帆明白，這很可能是他一廂情願的想法，於是把對工作的某份驕傲，含蓄地、悄悄的埋藏在心裏。

有一天，家屬瞻仰遺體後，回到等候區，丈夫和子女開始竊竊私語，議論起來。

「媽媽像保存得很好，對不對？」

「是呀，我們送她來這裏時，眼睛還是張開的，剛才看她，雙眼合上，嘴巴也合起了。」

「樣子比在病房離世時更好看更安詳，還有枕頭墊着，十足在家睡在沙發上的樣子。」

「對呀，平時午睡時，在沙發上就是這樣子。」

「睡得真好，看來媽媽安息了……」

一家人既寬心又感激。

天帆看在眼裏，感到既安慰又滿足。

剛才在停屍間，他發現墊在婆婆頭下的毛巾有點髒，於是換了個新的，也把婆婆的頭整理好。

每次這樣做時，他心裏不無疑惑——這些事，人工不包的，做來幹什麼呢？

而現在，他感受到一份滿足，這份滿足很確切，遠比收到「揦鮓費」來得踏實。

原來，殮房要處理的事很多，但最重要和有意思的，人工是沒有包的。

人工包的，是手做的工作；而最值得做的事，卻緣自內心。

添足

一

早上時份，家屬等候區很忙，幾個家庭正待領取遺體運去殯儀館，有人借用小禮堂舉行「院出」儀式，禮堂外聚集了二十多名親友，還有三宗「死因研究法庭」的個案。病理科醫生和警察都到了，這邊廂警方為家屬錄取口供，那邊廂醫生接見家人……

一名四十來歲的男子來認領八十歲、三星期前去世的父親……

公公患糖尿病多年，身體一直很好，近月併發腳趾壞疽，引發細菌感染和發燒，以往健步如飛的老人家，如今虛弱的坐着輪椅入院——是他人生第一次被人推送。

他失望、自卑交集，路上垂着頭，不願和別人對望。

病情嚴重，醫生打上點滴注入抗生素，可惜效用不大，要做較激進的治療——緊急切除小腿。

骨科醫生來到牀邊，向他和家人討論手術的風險和後遺症。

公公直接拒絕截肢手術。

「腳趾壞死，發炎含膿，細菌入了血，如果不做切除手術，會有生命危險。」醫生企圖說服他。

「醫生，我活到八十歲了，最喜歡走路，平日晨運飲茶後，會到處逛。如果手術後要躺在牀上，不能走動的話，我情願死算了。」

公公對生死看得開，聽完林林總總的風險後，最擔心的原來是日後行動的情況。

兒女和老太開始你一言我一語，對着公公說：「哎呀，老嘢，你死了想逛也沒得逛。」

「老爸，你別傻，命要緊還是走路要緊？」

「是呀，不走路還可以坐輪椅嘛！」

醫生見大家激動，嘴角露出微笑：「走路？這點不用擔心。臥牀只是暫時性的，我們會安排義肢部同事，手術後如果康復理想，傷口痊癒後，你可以裝上義肢，一樣可以四圍走。」

「老爸，你就聽醫生說，以後裝了義肢，走在路上誰會知道？」子女幫忙游說。

「我不介意裝義肢！但這老骨頭不知道幾時可以再站起來？」

「當然要慢慢來。初期要先用拐杖學習，跟着做物理治療和職業治療等。我看你是『精靈一族』，學習也該沒問題的。」醫生鼓勵他。

「你別哄我。我真的很精靈，學得來？」

「只要有決心，該沒問題。有些病人比你老，裝了義肢後，走得比我還快！」

「那是摩打義肢了！哈哈！」

公公開懷，知道日後能走他的路，心情輕鬆多了。

「那麼請醫生儘快安排手術吧！」子女見父親不抗拒手術，「乘勝追擊」要求醫生。

「請醫生現在就幫我聯絡做義肢吧！」公公補上。

骨科醫生莞爾地點頭：「真心急。」

可惜，手術後公公持續發燒，病情反復，最後併發肺炎和多器官衰竭，躺在牀上一個多月，再也沒有站起來……

天帆把公公的遺體取出，在瞻仰室請兒子核實身分交收。

兒子提着膠袋，把袋子放在推牀上，確認身分後，兒子揚聲說：「老爸，我們一家來接你走，你喜歡熱鬧，今晚在萬榮堂會有很多人來探你、送你，你一路好走啊！」

說完輕按父親的左腿，卻發現——

父親左下肢空盪盪的，呀！兒子這時猛然想起父親的左下肢已不在了。

截肢後的父親，如何「好走」呢？膠袋裏面還有父親常穿的波鞋，如何套上呢？

兒子問在旁的天帆：「請問我父親切除的左腿還在嗎？」

「你說手術切下的嗎?那是幾時的了?」

「唔……手術日子是三月十日。」

「兩個月了。我去看看紀錄。」

天帆明白有些家人，為了「全屍」，希望讓切割出來的頭骨或截肢一同火化。

可是，畢竟做手術已是兩個月前的事了，左腿已交承辦商棄置了。

「那沒辦法了!」兒子很失望。

「阿哥，你不是說老爸有義肢嗎?」妹妹在旁提醒。

公公死前一星期，兒子在醫院走廊上遇見「義肢康復治療部」的姑娘，她告訴他，公公的義肢已做妥，可隨時裝上，但當時父親躺在深切治療部，情況危殆，沒在意。

現在，他們卻很在意那義肢。

女兒鼓起勇氣，對在旁的天帆說:「我爸爸截了小腿，義肢部上個月告訴我們做好義肢了，隨時可以裝上去，只是爸爸等不及就離開了……」

兒子誠惶誠恐的問:「請問可以向他們……取回義肢嗎?」

天帆一怔，有些不知所措的嘀咕:「義肢部?義肢，這個啊……」

「爸爸喜歡走路，平日堅持要走一萬步。」妹妹插嘴，「現在沒有義肢走不了了。」

「可以幫幫忙嗎？我們想他一路好走。」

「這——」人死了還要義肢幹什麼呢？豈不荒謬？本來幾分鐘可以完成的認領手續，節外生枝，還有許多工作在背後呢！天帆拿不定主意。

「請幫幫忙，問問義肢部可否把義肢送來，為爸爸安上？」妹妹近乎哀求了。

「唔……」天帆猶豫，殮房請義肢部把義肢送來，會否貽笑大方？義肢部會為死人服務嗎？正想推卻，望見家屬渴望的眼神，又不忍心直接拒絕，就半推半就的回答：「我要向上司請示一下，也不知道義肢部肯不肯。但這會耽誤你領遺體的時間，有沒有問題？」

兒女商量一陣子後，又問問殯儀館的員工，回復是等待大半天該沒問題，他們雙手合十的道謝。

二

天帆把遺體移回停屍間，處理好手上的工作後，趁有空檔和高佬談論家屬的要求。

高佬了解情況後，眉頭一皺：「做了這麼多年，家屬的要求千奇百怪，什麼都有！」

「你說要不要幫？」

「這還用問？你用腦袋想想，人死了橫躺着，要義肢來幹什麼？還能走路？多此一舉笑死人。」

「……但家屬像很在意的樣子。」

「非理性的要求，少理少理。麻煩！」

「喔，也對吧……」

高佬見天帆呆站，顯得猶豫，歎了口氣：「你剛來做，也許不知道，家屬都有不同的要求，你每樣都處理就沒完沒了。而且，死的人還要他走路，也太不理性，不講道理，讓死者睡着不是更好？你別和他們瘋。多一事不如少一事，做多錯多。」

高佬言之成理，天帆卻於心不忍。

他想起婆婆。好多年前領取她的遺體時，她的雙手和腳踝被紗布綁着，鼻孔塞進棉花，這形貌成了他和媽媽日後的陰影，在腦海中揮之不去，媽媽現在仍自責，如果給錢殯儀館和殮房多些錢，婆婆或可以死得沒那麼痛苦……這份遺憾、自責和內疚，竟伴隨一生之久。

其實他和媽媽在理智上都明白，人死了，塞不塞棉花，綁不綁住都感受不到，但情感上仍在意婆婆。在喪親者眼中，死去的親人也有感受，會痛苦、會不適。對於喪親者，那刻大概不是講理智的時候。

天帆想向高佬解釋，公公本來健步如飛，截肢後離世，如果可以為他裝上義肢，相信會令家屬寬慰一點。

「但是——」在前輩面前，他想反駁，還是收回。

高佬見天帆語塞，繼續道：「如果我是義肢部，怎會為死人裝？倒不如把時間及精神，留給生人不更好？好了，如果義肢來了殮房，他們不裝，我們誰懂得裝？這哪裏是殮房的分內事？別想了，裝得不好還會招惹投訴！」

天帆遲疑，心不甘情不願的說：「嗯，原來如此。我以為是小事，可以幫上忙。」

「小事？你真天真！幫忙，工作這麼忙，還要顧這些？攞苦嚟辛！」高佬開始不耐煩了，「這不是小事呢！醒你，做假肢，殯儀館很在行的，如果家屬想要義肢，讓他們和殯儀館說吧！」

對了！殯儀館也該有義肢！但公公今晚出殯，這時推掉家屬，叫他們臨時張羅似乎不好，還令他們需付多一筆費用呢！天帆覺得自己真婆媽。

「阿帆，你幫他們，這樣是搶殯儀館的生意，『與民爭利』呀！」

真的假的？天帆訝異，原來為家屬做點事，竟可涉及殯儀業的利益！怎麼自己的好意，竟牽連到千絲萬縷的利害關係中？這趟真糟糕！

唉，剛才乾脆的移交遺體不就好了，乾手淨腳，為什麼要拖泥帶水？天帆天帆，你留住條魚真的好煩！他有點後悔，殮房專注處理遺體的事已夠多，做正經事要緊，實在沒時間照顧每個家屬的要求的。

這時肥豪過來，遞給天帆一份法庭批出的解剖令：「天帆，今早有解剖，王醫生十時半到，你先去把這條魚拿出來，推去解剖室。」

天帆接過名單，離開前問高佬：「那麼，我該怎對家屬說？」

「唉，說『義肢是留給生人的，殮房沒有這方面的安排，殯儀館的員工或有辦法』不就行了？」高佬沒好氣的搖搖頭，說得輕鬆容易。

「啊，這樣嗎？」

「你這樣扭捏怎行？工作，心腸要硬一些。」高佬沒好氣的走開。

幫或不幫，天帆內心很是掙扎。他先不去想它，根據解剖令上的資料，取出遺體推進解剖室，之後鼓起勇氣，走向家屬等候區，打算把高佬的決定告訴他們。

遠遠見到兒女和老太，坐在沙發上憂心忡忡，他們雙手合十，熱切期待的樣子，天帆就放慢腳步猶豫了，真的要把「沒得幫忙」這噩耗告訴他們嗎？這對他們是種打擊呀！如果我是家屬，也會希望父親套上義肢在天堂走，這期盼並不過分呢！

自己是否太殘忍？他心動了。

天帆，你幹什麼這麼婆媽？狠下心腸，也是這工作要學習的地方吧，不是嗎？於是把心一橫，把剛討論的結果告訴老太和兒女。

「啊，沒辦法嗎？」

「義肢早已做好，放在醫院，真的沒法為爸爸裝上嗎？請你做做好心吧。爸爸今晚便出殯，殯儀館不知能否在短時間內安排義肢。」

兄妹兩人既失望又沮喪，老太也掛了一臉憂傷：「馬先生，請你幫幫忙。老嘢當初不想做手術，怕走不了，我們一家想救他、勸他做，手術前他還不情不願……想不到就這樣切了腿又離開了。我們都很內疚和難過，是不是不該讓他做手術呢？是我們令他沒有腿走路的……」

天帆見老太哽咽，讓她坐下，遞上紙巾。

看着老太拭淚的樣子，天帆的心軟了——他想起母親，這份自責，這份懊悔，將會像母親的一樣，在往後的日子一直纏擾他們。

生命無法掌控，天帆要為這家人完成最大的心願，卸下自責，安心的走下去。

他又去找高佬：「高佬，我想試問一下義肢部，如果他們不幫或把義肢丟了，我才推卻家人。」

高佬偏着頭，心在低迴：「阿帆阿帆，果然麻煩啊！沒事找事做。」

「好啦，隨便你，隨便你！」抵不住苦苦糾纏，高佬開始不耐煩，一副「話說在前面」的警告，「始終是跨部門的事，也可能會有什麼投訴和手尾，你最好先問准老馮，找人負責『孭飛』。」

說罷撥撥手，打發阿帆走了。

三

天帆往馮主任的辦公室。

「你真的願意幫忙？」馮主任正在審核遺體紀錄，聽完天帆說後，揚起眉頭，視線從老花眼鏡的上方直勾勾的望着天帆。

「我想試試看。」

馮主任摘下眼鏡，打量天帆，眼神柔和下來，看到一份初出茅廬的熱情。

更貼切的說，他感受到一份「純粹」，純粹的同理心。天帆經歷淺，但初生之犢可愛的地方，正是沒有包袱。

他也看到那久違了的自己，當年他曾年輕過。

「為死人裝義肢，義肢部可能會取笑你啊！」馮主任提醒天帆。

大家都清楚，推卻是最容易的決定。

「我告訴他們，家人說公公喜歡走路，裝上義肢後就可以在天堂到處走，希望義肢部明白，為家人做點事。」

馮主任「哈」的一笑，斟酌一會：「我們不懂裝義肢，也得請義肢部的同事過來幫忙裝上，他們願意放下工作，山長水遠走來嗎？你真要有吃閉門羹的準備。」

言下之意就是贊成了！天帆感謝馮主任的支持。

臨走前，天帆想起還有件事需要確認：「義肢也可以火化吧?!」

「當然，現在義肢並不罕見，火化前不用移除。」

天帆打了一通電話給義肢部。

「請問病人的名字和身分證號碼……對呀，義肢仍在這裏……啊，離世了？真遺憾啊！……現在？去殮房？唔，請等我問問……（悠揚的音樂響起）……不好意思，久候了，沒問題，同事可以現在過來，但不懂得去殮房，怎去的呢？……真的？你可以帶我們去？太好了！」義肢部的物理治療師嗓子甜美，回答得爽快。

上天真好，讓他遇上樂於幫助的治療師。

「不好意思，我還可以有一個請求嗎？」天帆想起一件事：「如果可以的話，也請你們幫忙把義肢安上，行嗎？」

「請等我一下……（悠揚的音樂響起）……同事說這不難，會幫公公安上。」

「麻煩你們了。謝謝！」

天帆打着響指，鬆一口氣，原來世上始終有人願意為死者和喪親者多走一步的。

接近中午時分，天帆帶領義肢部的同事來到停屍間。

「公公，我是義肢部的物理治療師，你的義肢做好了，現在為你安上！」

對屍體說話，是不少初來殮房的醫護人員的慣常行為。處理遺體時，天帆有時也會在心裏說：「不好意思要用力反轉你了」、「剛才不小心碰到你，有傷嗎？」、「把手好好放在這裏」等，但從不會像眼前的醫護人員般宣之於口。

天帆對物理治療師這種「雖死猶生」的尊重，感覺溫暖。

物理治療師「咔嚓」一聲，俐落地為公公穩妥的套上義肢，說：「嘩，公公，好靚仔！我為你穿鞋子，以後行多步行多些！」

他從放在牀尾的膠袋裏取出波鞋，為公公套上他經常走路穿的鞋子，大小剛好，然後把捲起的褲管拉直，公公左下腿回復往昔的結實壯健。

天帆打開門，把母親和兒女叫進瞻仰室，再次認領。

「老爸！」兒子看見父親時，露出驚訝，一雙健壯的腿完好無缺，穿上波鞋後，與手術前沒分別！他把手按在父親的左邊褲管上，下肢堅實，心也踏實了，把早前準備的拐杖放在父親身邊，彎腰湊近父親耳邊大聲叮囑：「老爸，義肢裝好，走路沒問題了！你在天堂先好好學走路，不用坐輪椅、不用拐杖、不用人扶，自己到處走走看看。」

「我們和阿媽會照顧自己，不用操心。」

「老爸，我們好掛住你，你記得報夢，告訴我們天堂是怎樣的……」

「老嘢，你走還走，別走得太快太遠，等住我們一家團聚。」

天帆在旁站着聽着，向義肢部同事點頭，雙手合十感謝。

「謝謝你們。」家屬化憂為喜，向兩人鞠躬，眼睛滿是喜悅安慰的淚水。

「不，小事而已。」他回答，每逢説到「小事」，總會想起岳父和欣欣口中「用大愛做小事」這句説話。

天帆目送一家人依偎着離開，兒女攜扶着佝僂的老太，結伴走餘下的路。

背影漸行漸遠。

公公能走路，一家三口的步伐也彷彿穩妥多了。天帆相信，他們該沒多少遺憾了，直到再見的日子。

天帆慶幸身邊仍有有心人，願意為死者和家屬多走一步，大家踏的一小步，成就家人走更遠的路。

天帆很高興，因為又完成了一件小事，他發現只要這樣，心情就不再鬱結。這些小事，令殮房的工作變得很不一樣，多了一份分量。

好，今天回家，要和靜敏和欣欣說這故事！他記在腦裏，心情分外輕鬆。

再見

一

午後剛回到辦公室，馮偉業的電話就響了。

來電顯示Ｂ７婦科病房。

「殮房嗎？」

「對，什麼事？」

「這是Ｂ７婦科病房，我們有位媽媽流產，想去殮房。」

「沒問題，直接把ＢＢ送來就行了。」馮主任不明白，運送流產嬰，是婦產科常做的事，怎麼會打電話來？

「不，媽媽想抱着廿三週的流產嬰去殮房，送ＢＢ一程。」

「送ＢＢ一程？這樣啊……也可以，請隨時來。」

病人離世後，不少家屬會跟着「賓士」推車，陪伴去殮房。胎兒是母親的骨肉，流產後希望一同上殮房道別也容易理解。

「但我們病房缺人手，媽媽不懂得去殮房。」電話那邊的文員把「沒人想帶媽媽去殮房」的說話隱瞞。

「我們的殮房小冊子內有指示地圖。」馮主任衝口而出，發現有點不近人情，上殮房的路的確迂迴，一般人按着地圖尚且難找，何況是心情悲傷的喪親者？

「這點我們知道。」電話那邊的語氣像暗示：「病房當然會清楚把路線圖告訴媽媽。」接着把嗓子壓下：「病房經理擔心，媽媽一個人抱住死胎在醫院到處走，被其他人發現不好看，又怕走錯路，也不知道媽媽會不會……擅自帶走流產嬰提煉……」

最後一句輕得連馮主任要把電話壓向耳膜，才剛好聽見。

原來如此，偉業馬上意會，把胚胎提煉成補品是時有所聞的事。

「所以，請問殮房有同事可以帶媽媽去嗎？」

「這個嘛……」偉業的食指在桌面上下敲了敲，伸長脖子往辦公室的玻璃窗看。殮房在下午時分一般沒有早上般忙碌，或許可以騰出人手，答道：「我安排一下吧。」

「謝謝。我們叫媽媽在病房等等。」

偉業走向接待處，午飯時間，天帆伏在桌上小休，收音機播着舊歌《聽説愛情回來過》，但林憶蓮已換成楊宗緯的歌聲。

男聲女聲大不同，舊曲新唱，歌者人面不再，有種情懷，也因時日的漂染，呈現不一樣的味道。

「天帆，下午有沒有人預約領取遺體？」

天帆把頭抬起，走向電腦，核實後説：「今天沒有了。」

「你現在有沒有急事處理？」

「沒有。什麼事？」

「你往B座7樓婦科病房，陪一名媽媽來殮房，她流產，想送胎兒最後一程。」

「就這樣嗎？要不要做什麼的？」

「陪她來就是了。你帶着她就行。」

「要帶小賓士嗎？」

「剛才病房説，胎兒廿三週，媽媽會抱着流產嬰，不用賓士。」

入職半年，這是天帆遇見的第五宗類似個案了——由於無從安葬，媽媽不得不放棄自己處理的胎兒，須交給醫院處理。

以往胚胎是由病房員工送來，媽媽這般抱着胎兒相送到殮房的，還是首次。

難捨難離，真可憐！天帆歎一口氣。

「記得把流產嬰放在獨立嬰兒格裏。」偉業在天帆離開前，留下一句。

「知道！」

二

天帆、芷菁和她母親三人離開病房，走在醫院的走廊上。走廊上的病人、探病親友、醫護和運送物資的人員來來往往，生命的流動，彷彿和芷菁懷中毫無動靜的胎兒格格不入。

芷菁無法相信，這骨肉活了廿三週，卻得不到生命的名分，欲葬無從。拐彎抹角，往殮房的路很少指示，像女兒的身後事，在人流中兜兜轉轉，惘然無路。許多人在身邊擦身而過，沒留意她一眼，路愈走愈荒蕪，芷菁有種悲涼感。

過去兩個多星期，她經歷了一段孤獨顛簸的路。身邊的人總把這小生命不當一回事，他們輕描淡寫的安慰，若無其事的生活，加倍了她的孤單。

這城市匪夷所思，每年有逾九千宗流產個案，怎麼自己卻一直單打獨鬥，沒人在意腹中幼小的骨肉？了解母親懷胎的心情？尊重胎兒的生命？

她和胎兒一樣，彷彿不屬於這城市，被割裂在外。她歇斯底里，像個啞巴，再怎麼叫嚷，仍發不出吶喊，找不到支援。

天帆陪着她倆，默然的領在前面，他不時回頭望，免自己走得太快太遠，又不想太接近造成壓力，好讓她們自然抒發悲傷。

大家的步伐一致，雙方相隔的距離差不多了，天帆想，一路沒說半句，明白對喪親者來說，話不重要，陪伴才要緊。

來到殮房的家屬等候區，在停屍間門前停下。

送君千里，芷菁知道這是別離的一刻。

「和ＢＢ說再見吧！」母親輕輕拍打芷菁背部安慰。

「沒辦法了。你們想怎處置就怎處置吧！」芷菁眼睛紅了，鼻子一酸，半帶晦氣的說。

本來可以找來冷冰冰的推車推ＢＢ進去，但天帆別有他想。

「我可以抱着ＢＢ進去嗎？」天帆問，面前的ＢＢ失去生命氣息，身體顏色也欠缺紅潤，但也是可愛的小生命。天帆腦裏浮現欣欣出世時抱她的回憶。

芷菁和她母親流露驚訝的眼神，心想這是流產的死胎啊，竟有人願意抱在懷中！

芷菁強擠出微笑：「如果你不介意的話。」

天帆明白她們懷疑，死胎也不退避？

「我不怕的。」天帆嘴角上揚，「放心，抱ＢＢ，我有一手呢！以前我常抱住女兒餵奶呢！」

「你的也是女兒？」

芷菁的面容寬下來，把ＢＢ遞給天帆。

「嗯。」天帆接下ＢＢ，好輕啊！雖説輕若鴻毛，但這生命也是有分量的。

臨入停屍間前，天帆提示：「ＢＢ會留在這裏兩三個星期，在這段時間，如有需要，可以隨時來看ＢＢ。」

芷菁心想，費了好大的勁兒，才將女兒放下，不敢再看了，生怕看一次痛一次，看一次難捨一次，這太為難、太殘忍。

而且，一想起ＢＢ混雜在醫療廢物堆中就覺噁心，芷菁禮貌的回答：「不必了。謝謝。」

「看和不看，都不必勉強。」

「請你們好好處理。」母親説出芷菁最後心願，雖然連自己也不知道「醫療廢物」可以如何好好處理。

「放心，我會把ＢＢ放在紙盒裏，安置在獨立的小型冷藏格，好好保存着。」

「你把她放在盒子裏，冷藏在獨立格中？」母親問，放在冷藏的獨立格中，這和正常人離世時並沒兩樣呢。

「對。你女兒在這裏，和其他『人』的處理方法沒分別，只是冷藏格是小型的。」

「她……不是醫療——」

「在這裏，我們會把ＢＢ和其他醫療廢物分開，獨立處理。」

分開獨立處理？對，ＢＢ是獨特的。除了訝異，芷菁更感到一陣溫暖，一種被明白、被體諒的幸福。

「噢……是嗎？太感激你了。」

壓住心頭的大石一下子被挪開。這是芷菁首次感受到女兒擁有人的身分、人的尊重和尊嚴。她恍如被救贖了。

這女兒，她曾得而復失；現在有了名分，是失而復得了。

一分鐘前，她仍身處夢魘中，現在夢魘快過去了，芷菁終可喘一口氣。

她想認識天帆，靦腆的問：「請問……貴姓？」

「啊，我姓馬。」天帆側身，讓掛在襟前的職員證展示出來。

「馬——天帆，謝謝你。」

「不，小事。希望不會為你們『添煩』吧。」

芷菁母女都噗哧笑了。

「真不好意思，麻煩你了。馬先生。只是……」母親囁嚅，「為了我們的要求，希望不會令你太為難。」

天帆想，這對母女誤會了！

「不，我們這裏對胎兒都是一樣的，你們並沒有特權呢。我只是『小薯仔』，沒本事特別優待你們。」天帆微微點頭，肯定的說。

「真的？太好了！」母親深深點頭，表示感激。

「這類流產BB，或許醫學和社會都定義為醫療廢物，但這裏會分開處理。始終是生命嘛！」

「真不知如何感謝你。」

「不，不必謝我，我只是按指引做罷了。半年前我入職時，這裏的殮房主任已一再吩咐我們要這麼做了。老闆叫的，我不敢不做。」天帆偏着頭開玩笑。

母女莞爾，臨走前說：「那麼，辛苦你們照顧了。」

目送天帆抱着BB走進停屍間，芷菁倏地有種感動，拉高嗓子：「請問，請問如果我想再看看女兒，要有什麼手續嗎？」

「直接在辦公時間來就行了。當然先打電話來預約更好。」

「BB，再見！」

芷菁揮手，深深地一個鞠躬：「請幫我們謝謝主任。」

三

離退休還有六個工作天，馮偉業在倒數日子。

三十多年前入行時，還以為殮房工作只是個過渡，「騎牛找馬」後就轉職，結婚生仔，現在一件事都沒兑現。

人生就是如此，總不在掌握中。

真想不到，從殮房服務員、技術員，升做主任，從弘慈醫院到明濟醫院，在這裏竟打滾了大半生。也許工作的性質使然，他的社交圈子不大，人生路上踽踽獨行，每天對着死人和喪親者，漸漸地偉業和他們竟建立了一份微妙的關係，有時甚至弄不清楚，是自己相送他們，還是他們陪伴自己上路？

偉業也覺得可笑，到底是自己照顧死人，還是死人反過來幫他？難道也算相濡以沫？再想，這看似愁苦的工作，並不如想像中差——把遺體處理得乾乾淨淨，重塑一張安詳沉睡的容貌，是一份滿足。當平安妥善地把遺體移交歸還給家屬時，家屬寬慰的神情，也帶給他很大的鼓舞。

回望多年殮房的環境，這地方起了翻天覆地的轉變：入行時要人手核對屍體，費時失事，而把遺體放置地上、綁手綁腳塞棉花的日子亦已成歷史。現在遺體出入電腦化，加上一系列的防感染措施、解剖室新設計、增設儲存格數目等，殮房的環境都在進步中，而家屬的等候區也棄用冰冷的白光白牆，多了家居佈置和溫暖色調……這裏的人情味比往昔多了。

原來冰冷的「陰間」，漸漸有了溫度，對死者和生者都是尊重。

要從這工作三十多年的職位退下，他有種不捨，但像所有事情一樣，終須一別。也許臨近退休吧，人就要學懂珍惜和放手，偉業從家屬等候區走向辦公室，又踏進停屍間，目睹躺在推牀上的遺體，不無感觸，人生真的匆匆一趟啊！

工作多年，有什麼遺憾嗎？偉業像個快將離世的人，檢視自己的過去，即使沒做過什麼大事，也曾默默為家屬，為死者付出過，做了些小事吧？

他感到一種幸福，原來祝福也是雙向的。

在他撒手離開這地方前，有一件事，仍叫他揪心。

大概因為快到六十歲生日吧！這三十多年來，每逢生日，阿宜總會「輪迴」，叫他百般滋味。偉業徘徊停屍間，那天分手的事隨着時日，早已雲淡風輕。生老病死一台戲，他早已不執著什麼，這位老朋友和他到底是有緣無分的。

他有點訝異地自問，這麼多年來，怎麼會把這份情一直留在心上？如此長時間地讓一段逝去的感情駐在心的一角，是件多不好意思的事，但他仍容讓這往事成為自己的一部分。

嗯，這老朋友，近況怎樣了？身在加拿大的她，會了解自己選擇殮房工作的苦衷嗎？又會明白他留下來工作的原因嗎？這些曾經重要的問題，現在對偉業來説，都顯得過氣了。

偉業早遷居，醫院轉換了，也失去阿宜的聯絡方法；阿宜就像「故人」般，一去不返。

倘若與阿宜再見時，會是怎樣的一種心情呢？如果再見不再是朋友，又何必相遇呢？偉業早打消再見阿宜的念頭，當年的稚氣當年情，這些年來，大家各自生活，各自忙碌，相信彼此改變不少，有些事是回不去了。

阿宜要他辭工，他卻一做三十多年，也許阿宜永遠無法理解他，但這又如何呢？世上有多少人明白服務員的工作呢？

他悵然若有所失。一轉念，每天在殮房遇見的病人，真正死而無憾的，又有幾多呢？

偉業在停屍間走一圈，心隨之平靜下來。在死亡面前，人的確渺小，生命是滔滔逝去的江水，無法逆阻，的確很多事不必執著，也無謂執著。

偉業折返辦公室，桌上放着剛送來的一疊信。

翻翻信件，多是醫院的公函，地址都是打印的，獨有一個藍色信封，用鋼筆工整的寫上「明濟醫院殮房主任馮偉業先生收」。

「咦，似乎是一張卡。」偉業用開信刀打開信件。

感謝卡上，湛藍天空的一隅，陽光從雲後射出來，給人充滿溫暖和希望的感覺。

親愛的明濟醫院殮房馮偉業主任、馬天帆先生：

我是張芷菁，年半前在明濟醫院流產，當時很傷心無助，幸有你們照顧BB，給她「人」一樣的看待，給我很大的安慰。雖然現在仍然對BB很不捨，但我已走出喪女的陰影，也剛再做了母親。

今天知道和合石的「永愛園」啟用了，流產胎兒終於有了安身的地方，想起了你們，感謝你們的服務，給BB最後的尊嚴，相信天上的大女兒也會感激你們。

可以遇上你們，是很大的福分，感恩不盡。

張芷菁

殮房很少收到家屬的感謝卡，偉業對每一個家屬的鼓勵和祝福，都珍而重之。他記得芷菁，年多前收到婦產科的電話，他着天帆帶她來殮房。

偉業不會忘記這件事，除了因為剛流產的母親堅持抱死胎來殮房並不常見，更重要的是，那天在殮房的相遇。

當天下午，他在停屍間點算物資，轉頭一望，從正待關上的半掩自動門後，瞥見芷菁和她母親正和天帆告別，準備離開。

天帆抱住胎兒，她倆向天帆鞠躬道謝，面露安慰的歡顏。

那母親半身被天帆的背部遮蔽，但偉業的腦中還是閃過一個名字——

阿宜！

那位母親和三十多年前的阿宜，在腦中重疊，那笑容，那標緻的五官和細長的雙眼，都有七分相似！

不相似的地方當然有，人較消瘦滄桑，一綹披肩長髮，換成現在短的，還摻雜不少銀絲，背部有點彎，鼻樑上架一了副黑框眼鏡，臉部留下歲月的雕琢，魚尾紋填滿笑意。

說不上為什麼，也許是那眼神，又或者是純粹的感覺和直覺吧，太像了！但畢竟那只是驚鴻一瞥，偉業本有衝動走近看清楚，但一晃眼，電動門關上，待天帆再按門掣，「池——」的一聲，門打開時，她倆已離開。

偉業有點失落，但隨之轉念，算了，即使真的是阿宜，這個場合相遇會說什麼呢？寒暄也不適合吧？而他現在，肥胖發福，頭髮稀疏，早已不是往日的馮偉業，這個樣貌又怎見人呢？

錯過未嘗不是好事。

「眼花罷了！」他自我解脫，阿宜怎會在這裏出現呢？而且這不是第一次有類似情況，以往有幾次在街上也曾遇到熟悉的背影，偉業跟在後面，想像着前面的人就是阿宜，會是她嗎？噢，身高不怎麼對，頭髮也較鬈。如果她轉面望過來時，該怎反應？偉業的心在打轉，但當女子拐彎等待過馬路時，那張側面，馬上把遐想戳破了。

甚至有次清早，偉業在港鐵車廂裏，坐在對面年輕的女人低頭看手機，樣子十足年輕時的阿宜。偉業端詳良久，太像了！待女子抬頭望他時，偉業的心像被電流觸動般「撲通」的亂跳——可是那時候阿宜該五十歲了，而女子望向偉業時，眼神空洞，明顯對着的是陌生人。

也許在門打開的一瞬間，某個角度、某個場景的光線下，才會有似曾相識的感覺吧？這麼多年了，年齡和身體上，畢竟都有了轉變，以舊有印象去辨認阿宜，或許總會有偏差。

「馮主任，胎兒帶回來了，我放進小型冷凍格。」天帆進到停屍間，向偉業打個招呼。

偉業直起腰，問：「剛才來的是兩母女嗎？」

「是。長得有點像。」

「胎兒的確很小，抱着時要小心。」

「我抱ＢＢ有一手。以前我女兒很愛哭，被我一抱，兩分鐘內就睡着。」

「我最怕抱小孩。知道那母親姓什麼嗎？」

偉業故作不經意的問，耳朵卻聳起來。

天帆瞄瞄胎兒的手帶：「張芷菁之女。至於芷菁的母親姓什麼就不知道了。有什麼事嗎？」

「啊，不，樣子好像有點熟。」

偉業輕描淡寫的答，繼續點算，大家分道揚鑣。

這件事像短暫的漣漪，在心湖上一下子泛過去了……

現在收到芷菁的感謝卡，把這段記憶喚回來。

咦，卡的右下角還有誰的添筆呢！會是芷菁的母親嗎？偉業好奇提筆的人的身分。

那裏空白的位置，寥寥補上：

祝工作愉快，祝福更多人
衷心感謝你們

芷菁母字

偉業把卡翻了一翻，芷菁的母親沒有簽署，也沒有補上名字。

四

「偉業，生日快樂！」阿宜把禮物送上，遞上一張生日卡。

那是他倆共同度過的第一個生日。

生日卡上寫上溫馨的祝福字句。

「喂，你的字好特別！這是什麼字啊！」偉業的語氣明顯在調侃。

「怎樣？不好看嗎？」

「唔，字體工整好看，只是每個字怎麼……」

「你少理我，我喜歡這樣寫！」

「有點怪怪的。」

「這叫潘慧宜字體，知不知道？屬於本小姐的！」

「啊呀，潘慧宜字體，我有眼不識泰山！罪過罪過！」

「哼，版權所有，獨步天下，非我莫有！」

「有點像狐狸尾巴露出來……」

「不准這樣說，我不喜歡狐狸。狐狸尾巴哪是這樣？」

「呵呵，那是樹熊尾巴！好看了吧？」

「不——准——說不好看，聽清楚沒有？」

雖然芷菁母親並沒有寫上名字，但字體很獨特，每個字的最後一劃，總拖有微細向上的小剔——像樹熊短小的尾巴。

三十多年前熟悉的字體，再現眼前，偉業不會忘記這來自阿宜的「獨步」筆跡。他拿着感謝卡，有種既親切又超現實的感覺，把卡上的字句看了幾遍，心頭一暖。

芷菁的母親，真的是阿宜？還是字跡的巧合罷了？偉業沒有深究，這真相彷彿並不重要，對於這點，他自己也有些訝異。

是阿宜也好，不是都好，沒所謂了，一切留在心的一角就好。

祝工作愉快，祝福更多人
衷心感謝你們

芷菁母字

偉業重讀了一遍。六十歲生日前收到這張感謝卡，今年的生日將會很特別，他帶着卡上的祝福，該沒有遺憾了。

偉業豁然舒懷，把卡入回信封放在桌上，是時候退下、離席，走餘下的路。

隔着玻璃窗外望，又一天了。外面煙雨迷離，景物朦朦朧朧，增添詩意，偉業覺得天氣正好，退休後有什麼新旅程呢？

註：

懷孕週數未足廿四週的流產胎，一直被視為「醫療廢物」處理。在《行政長官 2018 年施政報告》中表示，政府會整全及改善流產胎的處理。二〇一九年四月，首個公營安葬流產胎的設施於粉嶺和合石墳場啟用，提供三百個土葬位置，供市民申請免費使用。截至二〇二〇年五月，香港共有一個公營及四個私營墳場安葬流產胎，惟欠缺火化設施。食物環境衞生署正擬於葵涌火葬場附近興建流產胎火化及相關設備，工程期望於二〇二一年年底完成，屆時流產胎的土葬火化處理，將和「人」無異。

後記一：殮房管理二三事

剛接手殮房的管理工作時，因為沒有太多的經驗，是一個門外漢，反而可以嘗試由一個旁觀者的身分及角度，對殮房的種種工作去了解、去觀察。

我看見殮房的工作人員，在接收遺體時，技巧熟練，才幾分鐘便完成核對死者身分的工作，然後將遺體放進低溫的儲存格內。我當然佩服他們的工作效率，但總是覺得有所缺失。究竟還欠缺什麼呢？一時百思不解。

此外，把遺體交回親屬時，我看見遺體躺臥在冰冷的運送牀上，以裹屍袋包着，只露出頭、面及手部，一時間覺得好奇怪，那種「欠缺什麼」的感覺又來了。

我記得念書時的暑假，有幸在一所知名的牛仔褲生產商的貨倉工作。回想當時的情境，我恍然大悟！在殮房同事熟練而刻板的工作上，我發現欠缺一點「人」味。要知道我們處理的是人，不是貨物。每位死者，都有對他或她珍視的家人。在世時，每個人都對這個世界有所貢獻，應該值得被尊重。

我與經驗豐富的殮房技術員恆哥（大家都尊稱他為「師傅」）討論，可以作出怎樣的改變。我們都認為殮房的員工，並不只是一般的搬運工人或看守者，也應該是一位護理人員。病人最後被送到我們的地方，我們需要繼續照顧他們，直至他們離開醫院。

於是，在接收遺體時，我們要以輕柔的方法打開裹屍袋，檢查遺體有否任何損傷？傷口是否已經用敷料覆蓋好？眼、耳、口及鼻有沒有液體流出？如有，必須妥善清理。設法把遺體的眼睛及口合上、將繃緊的四肢舒緩。師傅恒哥並建議製作一種枕墊，以固定遺體的頭部，避免出現因面部被壓在一邊而出現「陰陽面」的情況，此舉亦可減低體液從遺體的口、鼻流出的情況。在完成確認接收程序後，應將遺體輕柔地放進低溫的儲存格內，就像避免打擾熟睡的病人一樣。

另外，在死者親屬領回遺體時，我們應再對遺體的狀況作出整理，更換一個軟枕，然後為死者蓋上一張清潔的薄被，以舒緩親屬在見到死者時傷感的情緒。

病人在病情惡化時，病房職員會通知親屬到醫院，可能是見病人的「最後一面」。如果親屬住在遠離醫院的地方，往往不能趕得及到來。或者有些親屬居住外地，會希望在葬禮舉行前見見死者。所以我們在部門內設立一個類似病房的靜室，使親屬可以在舒適的環境下陪伴死者，稍作釋懷。

一般來說，遺體在親屬領取及進行殮葬前，會在殮房停留約兩至三星期。但某些情況，例如親屬考慮讓死者進行土葬，或者需要等待其他親屬從外地返港，才可辦理殯葬事宜，有些遺體需要停留在殮房的時間會比較長。在這些情況下，遺體即使處於低溫環境，仍無可避免地出現一些變化。常見的狀況是遺體表面「發霉」。因此我們實行了一些措施：如果遺體停留逾五十日，我們會每星期檢查遺體的狀況。倘若出現

「發霉」情況，便需小心清理。年長的病人皮膚比較乾燥，如果不小心處理，可能會對遺體作出損壞，在清潔遺體的過程中，必須謹慎。故此我們希望死者親屬能盡快領回遺體，避免遺體出現一些不理想狀況。

日常的工作上，我們會收到很多來自親屬的不同要求。例如要求給予死者穿着喜愛的衣飾物品、一些被服的陪伴，或要求給予死者手持一些物品等，我們都會盡量配合，但有一種要求我們是很難接受的，就是在遺體身旁放置「念佛機」。試想想，在夜深人靜的時候，在遺體儲存庫內不停發出一些聲音，對當值的工作人員是很驚嚇的！

很多人會問我們，每日見證死別，怎樣平衡心理？我常對同事說，「以開朗的心情去處理不開心的事」。試問有什麼工作，可以既有報酬，又可以每天都在幫助別人呢？這是很感恩的。

林慶權先生

東區尤德夫人那打素醫院殮房主任

後記二：預知的告別禮

我工作的殮房，每天或有一小段時間浪漫非常——天氣好的日子，整個辦事處都泛着一片橘子色，這亦代表當天的工作將近完結，大家都收拾心情準備回家。如在這個時候向外望，便能望到壯麗非常的日落，我常會陶醉其中，讓心情放鬆一下，亦會用手機拍下那極度美麗的落霞。

某天的傍晚，天空泛起橙色雲海，突然出現門鈴響聲，劃破寂靜的空間，從閉路電視中，看到一位兩鬢斑白的婆婆。咔的一聲門開了，她慢慢走進家屬等候區，向我點一點頭，不發一言，隨後在小冊子架前駐足一會，取來一本《身故病人親屬須知》，便坐在沙發上看着。

我上前了解，說：「婆婆，是否有親人離世了？想知道什麼資料？有什麼可以幫到你呢？」

婆婆打量我一下，說：「是否已經到了下班的時候？有沒有阻礙你收工？因為我將會來這裏，現在預早看看這地方，了解一下。常聽人說這裏很恐怖，我有點怕。」

「放工？沒有啊！我們這裏每天開門，年中無休的。那麼你現在覺得恐怖嗎？」

婆婆淡然地回答：「一點也不恐怖。最恐怖也只不過是這樣而已？其實我剛剛完成覆診，自己知自己事，順道逛逛。」

婆婆續問：「那存放遺體的地方在哪？我可以參觀一下嗎？會不會好死寂、好冷冰冰、好陰森、好污糟、好恐怖、好……」

聽着她形容幻想中的遺體儲存間，形容詞之多，簡直沒有詞窮似的。

我莞爾：「其實與這裏只是一牆之隔，但那裏是外人止步的。那只是放滿一個個獨立休息室的空間，沒什麼特別呢，我們還是不要打攪『他們』好了。」

「我怕死後會寂寞啊。」

「不會啦，我們每天都會探望留在這裏的人。」我微笑。其實殮房員工每天都要核對遺體數量，亦要巡視「雪櫃」的溫度，更甚者，如果有病人在這裏住了好一段時間，我們更會為他多作照顧和整理。

話匣子打開，婆婆開始分享她的故事：「我幾個仔女都在外國，還有幾個孫兒，但我已決定在離世前，一個也不通知，待長生店領回骨灰，撒完灰後才通知家人。我不想他們為我的死，和這些瑣碎事頻頻撲撲，大費周章！臨死還要花一大筆錢，倒不如省下來留給乖孫們上大學好了！我還打算做『無言老師』，將自己捐給中大，用作教學用途，我希望走到人生盡頭時能回報自己的母校，如果唔嫌棄我的老器官，全部捐給有需要的人也可，留來燒太浪費了。」

我留心聽着，說：「你一定是一個好媽媽、好婆婆，在安排自己的最後一程時，還會為家人設想，又想幫助他人。但是我個人的意見，你儘管聽聽吧。如果你是我媽媽，在你離開的時候，我不能陪伴左右，我會遺憾，感到痛心或內疚。對於死亡，大家忌諱恐懼，人生最傷痛莫過於死別離，你剛才不是說好怕寂寞嗎？何不在人生最後一程和一家人一齊面對，一齊度過，盡量珍惜和享受相聚的時間？雖然過程會令人傷心，但換來最後珍貴的回憶而不是遺憾，這樣你也會走得安心一點吧！你也會想望多兩眼孫仔孫女吧。」

接着我從小冊子架上，取了兩間大學的遺體捐贈章程和器官捐贈登記表格，遞到她的手中，然後叮囑她一定要知會家人這個決定，因為有些捐贈例子遭家人反對而泡湯了。

婆婆釋然，握着我的手説：「嗯，我想今天沒有來錯地方。天主會保佑你的。天快黑了，我要走了。如何去小巴站？」

我抬頭一看，我的浪漫不見了，天已暗黑。

看看手錶，不覺和婆婆傾談了接近一小時。然後，我帶她到小巴站，一直望着她的背影漸漸離開。那一小時的對話、慈祥的身影，至今我仍忘不了。

到了今天，我有時候還會想起她。她的近況如何？還健在嗎？如願了嗎？

潘俊傑
瑪麗醫院殮房主任

後記三：他們都有份的

一

二〇二〇年，新型冠狀病毒在全球肆虐蔓延，為應付疫情，醫管局自一月底起啟動「緊急應變級別」措施，許多非緊急手術的病人要「讓路」，令要接受手術的病人一等再等。有病人在疫情前中風入院，須「開腦」取出部分頭骨，之後新型冠狀病毒爆發，半年來因疫情一直未能重置頭骨，令病人的丈夫痛心。

據悉當疫情稍稍緩和後，家人終接獲手術通知，安排重置頭骨。

看着報道，我想起一年前的琛琛。

一個早上，中年母親來到殮房，瞻仰去世的女兒琛琛。

取出遺體整理儀容時，殮房服務員一怔，這是一副怎麼的頭顱啊！三十多歲的琛琛，右半邊頭顱凹陷，令原本半圓球狀的頭顱，如洩氣的皮球，塌下去呈彎月形，像是掏空了的沙堆。

服務員整理一下其儀容，把頭髮理順，發現右邊頭皮留下長長的手術疤痕，頭皮下軟綿綿的，沒有堅實的頭骨。明顯右邊頭顱和大部分的右腦已被移除，頭皮緊貼殘餘的腦組織，凹下去形同盆地，左邊顱骨如山嶺般突兀。

琛琛患高血壓，四年前中風入院，右腦大範圍出血，造成腦部嚴重受損壞死，腦壓飈升，有即時生命危險，要進行緊急手術，切除大部分壞死的腦組織，頭骨也須移除，以紓緩顱內的壓力。

手術進行了三次，成功救回琛琛一命。

可惜從此琛琛不再是活潑開朗的女兒——她失去正常意識、溝通和説話能力，一直臥在牀上，左身癱瘓，手腳萎縮痙攣，經常抽搐……幾年來就這樣住在醫院裏，接受漫長的復康治療，還不時併發肺炎，幾度在鬼門關前救回來。

為還原頭形，這些年來，外科醫生好幾次安排頭骨重置手術，都因肺炎或其他原因取消了，於是右頭頂處，仍留着火山般的大口。

直到兩星期前，琛琛感染了生命中最後一次的肺炎。

殮房主任和服務員把遺體安頓好，帶母親進入瞻仰室。

任何人看見這副掏空了的頭顱，都會驚怕，唯獨母親毫不退縮，她曾每天出入醫院照顧女兒，為她抹身轉身。你很難相信，臥牀四年，琛琛的枕瘡竟出奇的少。

望着琛琛缺損的頭，殮房主任於心不忍——這會是多痛苦的回憶和遺憾啊！

那個中午，主任找我商量一件事。

他在母親瞻仰女兒後，出於同理心問候一句：「你想我們為你女兒重塑頭形嗎？」

母親錯愕，現在仍可以重塑頭形嗎？生前無法了的心願，在殮房這裏可以成全嗎？

她想了片刻表示，希望還原一個「正常」的琛琛，出殯時讓大家看到她最美好的一面。

儘管生命有苦難千瘡百孔，她仍希望每個來憑弔的親友，回憶一個完好、沒有缺損的琛琛，那會是美好的終結。

重塑頭形始終是個手術，我約見母親，向她解釋情況。

她看上去比實際年齡滄桑，該因長時間奔波照顧女兒吧？我告訴她，我們會在琛琛後腦頭皮位置落一刀，造成約三、四寸長的傷口，製造一個如袋包的空間，把擴充的物料放進頭顱內，重塑頭形。

這方面較易理解，她點頭。

我又說，由於頭皮向下凹陷四年了，頭皮已經收縮及纖維化，儘管皮下有擴充物料承托。頭皮收縮會出現左右兩邊頭頂弧度不均的情況，「這點我們會盡量處理。但填補後的右腦，未必很對稱，但相信會比現在的情況好看些。」

母親斟酌我的話，表示同意，卻仍有一點疑惑。

「那麼會看到傷口吧？」

儀容，始終是重塑技術最需要顧及的。

「對，傷口大約三寸長，但我們會把它收藏在後腦處，縫合後被頭髮遮蔽，瞻仰儀容時並不會被發現。」

母親答謝我，簽下同意書。

二

我和兩名殮房服務員一起進入解剖桌旁，開展這項「重塑頭形」的工作。

我以為切開頭皮放進物料，會像打開手套，伸進手指一樣簡單，該不消半小時就大功告成了吧？我和殮房服務員都信心滿滿，進行這殮房頭一趟的「頭形重塑手術」。

手術進行下去時，我才發現低估了它的複雜性和難度——雙腳猶如栽進泥濘中，遇上無法預計的阻滯。

後腦的一刀落下，原來頭皮、皮下組織及腦袋黏連得很，我小心翼翼的在頭皮和腦袋間騰出一個如袋子的空間，準備盛載擴充物料。

最棘手的是，頭皮黏連着頭骨，本來呈「U」形的火山口，塞進物料後，盆地隆起成丘，圍住盆地的頭皮由於貼着骨頭，無法順勢升起，形成一條深坑，像圍住山丘的渠，十足一個反轉的碗烙在右腦處！

比期望的樣子差多了！

「啊，真不好看呢！」我和殮房服務員都很失望。

「再做一次吧！」服務員不甘心，移除擴充物料，提起手術刀作「地氈下鬆綁」——他的指頭猶如探進柚子皮下分開皮肉般，沿着頭皮底削走黏連，一點一滴分開頭皮和貼着的頭骨……

這多耗時耗神，卻又細緻而專業！我想，這雙巧手就是經年解剖煉成的嗎？之後的一個多小時，他步步為營的切割，知道一不留神刀鋒會從皮下劃破頭皮表面，造成無法彌補的傷口。

服務員的額頭冒汗，面罩也凝聚呼出的霧氣，直至大功告成。

填補物料後，「嗯，好看多了！」我鬆一口氣說，收貨了。

但服務員的目光，仍停留在額頭處，明顯有地方「美中不足」，令他無法釋懷——探探的前額，仍有一弧疤痕，由頭頂彎向右眼角再竄去耳朵。

疤痕不深不淺，如酣睡後留在面頰的摺痕，但由於位在前額和眼上，淡然的疤痕成了明顯的破相。

殮房服務員對容貌是執著的。「有辦法！」他靈機一觸，轉頭走開，回來時手中的托盤放了支盛了「福爾馬林」的小針筒。

他像皮膚科醫生注射 Botox 肉毒桿菌一樣，輕輕的把針刺進皮下組織，將「福爾馬林」沿着疤痕注射下去，填補了凹陷的空間。

針頭像蛇游走在沙堆淺層，經過之處，疤痕平滑了，「皺紋」不見了。

我既驚喜，又佩服他的手藝。

幾經修補，盆地被填，竟可以如此不留痕跡。

幾小時的辛苦經營，完工後再觀察一遍，我和殮房員工都感到欣慰又滿足。

殮房員工撫平淡然的疤痕，直起身子，安慰的笑了：「唔，靚女了，家人該安心點吧？」

原來他對美的追求，全因顧及家屬的感受。

之後的幾天，我和四名殮房員工，再為琛琛做了兩次修復手術，也把那雙難以合上的眼睛「瞑目」了。在重塑頭形的過程中，除了開始的小段時間外，我幾乎都在「袖手旁觀」，與其說是「監督」，倒不如說是觀察和學習——服務員和殮房主任如何用他們的耐心和技術，靈巧地為琛琛、為家屬工作。

幾經努力，琛琛回復手術前的相貌，中風後的痛苦和創傷，彷彿一筆勾銷。

琛琛回到四年前的模樣，成為天使般，沒有缺陷的離開。親友見到這張臉，回憶四年來發生的一切，該會覺得一切如夢吧？

琛琛在殮房的小禮堂舉行告別儀式。母親由親友陪伴，領取遺體，看到琛琛的時候，眉宇寬了，眼神掠過一抹驚喜。人生如夢，重塑頭形，抹去遺憾，我們也重新梳理了親友的回憶。離別儘管難過，願那修復的頭顱和閉上的雙眼，是親友點滴的欣慰。

領走遺體前，母親感謝我，我指向背後的殮房服務員，介紹他們：「也感謝殮房的員工吧，他們都有份的。」

母親露出無法理解的神情，但還是點頭感謝了。

站在背後的殮房服務員，反而不好意思的搖搖手。我向他們微笑，這班連收到一盒西餅也會申報的同事，習慣了低調。

殮房，是每個人都會「進駐」的地方，在這裏工作的員工，相信和香港的死亡歷史同樣悠久，奇怪的是很少人留意和關心他們——殮房員工每天出入停屍間，像遺體一樣，躲在暗角處，他們曾默默作出貢獻，卻謙卑無聲的存在着。這隱蔽的一羣，在「死線」之外，周而復始地工作着，神秘地服務一具具寂然的身軀，和踏進殮房的哀傷者。他們從不爭風頭，沒有多少人理解，也很少人知道他們在背後為死者、為家屬付出的心思。

二〇二〇年九月，香港受新型冠狀病毒影響，失業率創新高，裁員減薪浪潮下，衞生署公開招聘殮房服務員一職，這個毋須學歷、只須操流利廣東話，以及讀寫簡單中英文的工作，據報共吸引了一千七百人申請，令人嘩然。申請者中，不知多少真正了解殮房服務員的工作？殮房服務員要在這情況下才被留意，多少也帶點諷刺。

殮房服務員是病理科醫生最得力的助手，刀下我們合作無間，剖析沉默的軀體，替屍骨說話。我明白，他們也需要鼓勵的，如果有什麼事做得好的話，一兩句感謝的話，會很叫他們窩心，也讓他們更有力量陪伴喪親者同行。

出入殮房久了，愈來愈發現，這裏對死者、對喪親者肩負很重要的角色。這個地方，關乎喪親者的需要，也是每個人的終極之處，對死者及喪親者都舉足輕重。殮房運作大有學問，工作的員工儘管學歷不高，但大多都是可愛和值得敬重的人。即使作為醫生，當告訴別人，我進出殮房時，有時也會遇上或不悅、或帶點睥睨的眼神，何況是這裏工作的員工？他們要承受多少社會的目光？

謹把這本書，送給每位在殮房崗位盡好本分的人。像上一本書《最後的房子》，如果有人讀後感謝我，或體會到殮房原來滿有溫度時，除了為這團隊驕傲外，我會補充：「也感謝殮房的員工吧，他們都有份的。」

陳嘉薰

寫於二〇二〇年十月